새드엔딩에
안녕을

새드엔딩에
안녕을

조현 소설

폭스코너

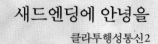

새드엔딩에 안녕을

클라투행성통신2

가끔 공기가 질겨지고 어떤 낱말에서는 막막했던 시절의 향기가 배어나는 때가 있다. 눈을 가리고 손으로 만져봐도 노랗게 불타오르는 해바라기와 주홍빛으로 뺨을 붉히는 산나리를 구분할 수 있는 것처럼, 눈을 감고 오톨도톨 볼펜으로 눌러쓴 글자를 매만져보면 은은한 풋사과의 잔향이 묻어나는 말들을 찾아낼 수 있다. 대체로 검은 하늘을 올려다볼 때 그렇다.

그건 대기가 투명한 식빵으로 변하는 시간, 내가 움직이는 반경이 말랑말랑한 질감으로 바뀌는 때. 나는 밤의 대기를 손가락으로 휘저어보고, 오른쪽 검지를 코끝에 대어본다. 그러면 공기가 떨리며 약간의 음악적인 진동이 찾아온다. 난 밤의 벤치에서 머뭇거리며 회전하는 공기를 손가락으로 조심스레 눌러본다.

그러자 검지 끝으로 다함없이 에로틱한 촉감이 느껴진다. 마치 밤의 혀가 손가락 첫 마디를 부드럽게 핥듯이.

그렇게 진심을 담은 신호를 밤하늘로 올려보내자 흐릿한 별자리 사이로 오래된 이름들이 되살아났다. 네로와 파트라슈, 조반니와 캄파넬라같이 먼 나라에서 온 이름들. 그리고 눈이나 페이소스를 등 뒤에 휘감고 지상에 켜켜이 쌓이던 낱말들……. 언젠가 두근거리며 진심을 다해 흡수했던 내 영혼의 표제어들.

한 사보 편집자로부터 '새드엔딩에 안녕을'이란 주제로 원고 청탁을 받은 것은 지난달이었다. "무엇이든 지금까지 알려진 새드엔딩을 해피엔딩으로 바꿔주시면 됩니다." 전화로 글감의 취지를 듣는 순간, 무엇에라도 홀린 듯 승낙해버렸다. 그때 난 수술했던 무릎에 문제가 있어 당분간 꼼짝없이 병원에 있어야 하는 처지였지만 오래 묵은 숙제를 해야겠다는 생각뿐이었다. 지인을 통해 알게 된 그 편집자의 요청은 이해하기 쉬웠으나 난 한 달 동안 한 문장도 쓸 수 없었다. 난 거듭 망설이다가 마감일에 임박해서야 오래 묵은 공책을 펼쳐보았다. 그리고 병원 벤치에 앉아 언젠가 내게 깊은 애수를 안겨주었던 이름들을 천천히 호출했다.

'이제 우리에게 슬픔이란 단어는 없어. 그곳은 정말 환하고 향기롭고 훌륭한 사람들로 가득하지. 우리는 멋진 여행을 하면서 이제 곧 하나님이 계신 곳으로 갈 테니까. 그러니까 기운 내고 행복하게 노래 부르며 가자.'

난 밤의 벤치에서 볼펜으로 꾹꾹 눌러 쓴 문장들을 읽어보았다. 연극 대본이었다. 백만 년이 지나서야 도착한 우편엽서처럼 누렇게 바랜 종이 위로 그리운 대사들이 고개를 까딱거리며 인사를 했다. 난 잠시 고개를 들어 남쪽 하늘에서 커다란 S자, 그러니까 전갈자리가 있음직한 자리를 올려다보았다. 그러자 영원의 저편에서 혜성 하나가 시간을 거슬러 나의 태양계로 파고들었다.

*

열두 살 때 나는 사람이 떨어져 죽는 것을 봤다. 바로 눈앞이었다. 성탄절 전야, 교회의 앞마당에서였다. 너무나 뜻밖이어서 처음에는 누군가 내게 엄청나게 짓궂은 장난을 하는 줄 알았다. 난 사람의 부서진 머리에서 피가 꽃잎 모양으로 흘러나와 새하얀 눈을 적시는 것을 보고 나서야 내가 겪고 있는 게 꿈이 아니라는 걸 알았다.

죽은 사람은 교회의 사모(師母)이자 친구의 어머니였다. 그때 난 겨우 열두 살에 불과했다. 크리스마스이브에 교회 앞마당에서 친숙하게 지내던 사람이 죽는 걸 보는 것은 열두 살의 아이에게 몹시도 끔찍한 경험이었다. 나는 방금 '몹시도'라는 부사어를 썼다. 그렇지만 이런 말은 연약하다. 부사어는 힘이 없고 부서지기 쉽다. 견고한 지렛대처럼 우주에 진동을 줄 수 없다. 그러니 지혜로운 수도사들은 나이를 먹을수록 말을 아끼는 것이리라.

어쨌거나 그 후로 난 생각했다. 그렇다면 그 장면을 스물두 살에 보았더라면 괜찮았을까? 그리고 붉은색 벽돌로 고풍스럽게 지어 올린 교회의 앞마당이 아니라 장소를 바꿔서 이를테면 대낮의 횡단보도라면? 그러니까 다사로운 햇살 아래에서 신호를 착각한 버스에 받힌 사람이라면 괜찮았을까? 글쎄, 그건 모를 일이다. 앞으로도 모를 것이다. 그렇지만 확실히 알게 된 것도 있다. 이를테면 이런 거다.

첫째, 사람의 머리가 터질 때는 연필 한 다스를 한꺼번에 부러뜨리는 소리가 난다. 둘째, 예고편처럼 들리는 그 소리가 끝나면 우주의 모든 소리가 일순간 멈춘다. 셋째, 그리고 우주의 침묵을 겪은 사람은 영원히 그 이전과 다른 사람이 된다.

나는 방금 '다른 사람이 된다'라고 썼다. 이 문장의 뜻은, 이를테면 바늘에 찔린 풍선이 자기 내장 속의 헬륨을 모두 쏟아 내고 영원히 하늘로 승천할 수 없듯이 존재의 질감이 바뀐다는 뜻이다.

그런데 인생이 기이한 것은 존재의 질감이 바뀐다고 해서 그 것이 반드시 불행을 의미한다는 것은 아니라는 점이다. 어떤 사 람은 다른 사람이 죽는 것이 계기가 되어 행복해질 수 있다. 나는 방금 '행복'이란 낱말을 적었다. 열두 살의 가을에서 겨울로 넘어 갈 때 내가 사람들이 보는 앞에서 가장 자주 연습한 게 바로 이 단어였다. 그러므로 이 글은 내가 행복을 찾는 이야기가 된다.

*

열두 살 때 나는 조용한 아이였다. 아니, 더 정확하게 말하자 면 나는 열한 살 때도 조용한 아이였고, 열 살이나 아홉 살 그리 고 그 이전에도 조용한 아이였다. 대체로 떠들썩한 다른 남자아 이들과 달리 나는 어디에도 끼지 않고 책상 앞에 가만히 앉아 공 상하는 것을 좋아했다. 등교 후에는 의자에서 가급적 일어서는 법이 없었다. 화장실에 가는 게 싫어 물도 적게 마셨다. 이를테 면 무릎관절이 고장난 피노키오를 연상하면 된다. 그리고 피노키오의 유일한 꿈은 언젠가 사람이 되는 것이다.

그렇게 책상 앞에 붙박이로 앉아 공상만 했는데 열두 살에 자주 했던 건 피노키오의 할아버지처럼 목수가 되어 머릿속에 방을 만드는 것이었다. 난 머릿속에 수많은 방을 만들어놓고 각각의 방에 내가 읽은 책들을 꽂아두었다. 이를테면 1층의 첫 번째 방에는 아르센 뤼팽과 셜록 홈즈가 함께 살았고, 2층의 두 번째 방에서는 장발장이 몬테크리스토 백작을 도와 긴 탈출용 터널을 뚫고 있다는 식이었다.

선생님이 수업에 집중하지 않는 나를 흘깃 쳐다볼 때도 있었지만, 다른 애들과 달리 야단을 치진 않았다. 그건 학기 초 새로운 담임과 처음 만날 때 왼쪽 다리를 끌며 교실을 가로지르는 것으로 충분했다. 그러면 선생님은 내 얼굴을 쳐다보며 다리 쪽을 곁눈질하다가 뒤꿈치가 균등하지 못하게 닳아버린 신발에 "흠흠" 하고 작게 헛기침을 하기 마련이다. 그건 앞으로 일 년 동안 딱히 수업에 방해되는 행위만 하지 않는다면 체육 시간에 운동장으로 나갈 일 없이 빈 교실이나 지키는 당번이 되고, 산수 시간이면 교단으로 나와 분필로 문제를 푸는 것도 면제시켜준다는 신호였다.

어려서는 왜 내가 친구들과 다른지에 대해 부모님께 물었던 것 같다. 그러면 부모님은 더 어려서 앓은 열병 때문이라며, 내년에는 좋은 약이 나와서 틀림없이 다리를 고칠 수 있을 거라는 말을 덧붙였다. 내년이 올해가 되어 또 물었지만, 대답은 다시 내년이었다. 그제야 나는 비로소 묻는 걸 멈췄다. 부모님이 나를 데리고 동네 교회를 다니기 시작한 것도 그즈음부터였던 것 같다.

약간 놀랄지 모르지만, 가족이나 이웃들 중 내게 '소아마비'라는 단어를 가르쳐준 사람은 아무도 없었다. 심지어 부모님도 어쩔 수 없는 상황에서 굳이 지칭해야 할 때면 '이건' 혹은 '그건'과 같이 모호하게 말했다. 가끔 병원에서 검사를 받을 때 의사도 마찬가지의 화법을 썼다. 마치 면전에서 시옷으로 시작하는 그 낱말을 말하는 순간, 이 증상이 영원히 나에게 고착될 거라고 믿기라도 한 것처럼.

그렇지만 아무도 일러주지 않은 이 시옷으로 시작하는 낱말을 난 언젠가부터 터득하고 있었다. 그러니까 난 이 낱말을 텔레파시로 알아낸 셈이다. 세상에는 누군가 애써 일러주지 않아도 응당 알아차리는 단어가 있기 마련이다. 난 호기심과 동정심이 뒤섞인 눈빛에 질려버려서 학교 도서실에서 빌린 재미없는 책을 반납하듯 텔레파시를 없애려 애썼다. 노력은 점점 진화해 열두 살에는 가위로 종이테이프를 자르듯이 그런대로 다른 사람의 눈빛에 초연하게 되었다.

하지만 그와 비례해서 세상과 나 사이에는 얇은 막이 생기고 그 막은 음악실의 간유리 창문처럼 뿌옇고 단단해져갔다. 일단 막이 생기자 선생님이나 급우들은 내게 다른 세계의 존재가 되었다. 물론 그들도 나를 무해한 무생물로 여길 터이다. 그건 교실에 놓인 꽃병과 아이들의 관계와 같다. 꽃병과 아이들은 서로가 서로를 조심해야 하는 관계이다. 아이들은 인간의 세계에 속해 있고, 꽃병 역시 그들만의 세계가 있는 것이다. 그 둘의 우주는 서로 겹치지 않는다. 그러던 어느 체육 시간, 고요하던 나의 태양계로 다른 천체가 겹쳐왔다.

*

아이들은 모두 체육복으로 갈아입은 다음 운동장으로 뛰어나가고 나만 혼자 빈 교실을 지키고 있었다. 나는 등교 후 내내 앉아 있던 의자에서 일어나 창밖을 내려다보았다. 사람이 아무도 지켜보지 않을 때 꽃병은 일어서서 혼자 걸어다니기도 한다. 그러니 당신도 알아둘 필요가 있다. 아무도 없는 빈집에서 무생물은 가끔 기지개를 켜며 방 안을 돌아다니기도 한다. 그러다가

문가에서 사람의 인기척이 들리면 재빨리 제자리를 찾아 시침을 떼는 것이다.

운동장에서 아이들은 피구를 하면서 명랑하게 뛰어다녔다.

"야, 공 받아라."

"응, 일단 쟤부터 맞혀서 죽여."

"왜 나만 갖고 그래? 나 좀 살려줘. 아까도 맨 먼저 죽었다고."

아이들이 재잘거리며 쉴 새 없이 소리치는 세계는 유리창 너머에 있었다. 말하자면 그건 다른 은하계였다. 그 세계의 생명체들은 신나게 피구를 하면서 하얀 운동복에 마음껏 더운 땀을 흘렸다.

난 그 세계를 내려다보다가 인기척이 들려 돌아보니 얼마 전 전학 온 여자애가 혼자 교실로 들어서고 있었다. 다리를 접질렀는지 불편한 걸음이었다. 난 잠자코 자리에 앉아 읽던 책을 다시 펼쳤다.

"이거 네가 쓴 거니?"

여자애가 음악 공책 한 권을 내밀었다. 며칠 전 음악실에서 잃어버린 것이었다. 오선지에 쓴 글은 내가 《플랜더스의 개》의 뒷부분을 고쳐 쓴 것이었다. 미술대회에서 떨어진 네로가 모든 희망을 잃고 파트라슈와 함께 성당에 쓰러져 루벤스의 그림을 보는 것까지는 원작과 같지만, 승천하는 대신 네로는 그리스도 아래쪽에 그려진 여자에게서 알루아의 모습을 떠올린다고 나는 상상했다.

"하늘로 올라가는 빛 속에 빠져들 찰나, 네로는 그림 아래쪽에 있는 금발의 여자를 보았습니다. 그녀는 마치 알루아 같았고, 그러자 그 친구와의 온갖 추억이 사르르 되살아났죠. 그때 기적이 생겼습니다. 하얗게 눈을 뒤집어쓴 알루아가 성당으로 들어온 것이죠. 알루아는 네로를 찾아 뛰쳐나간 파트라슈를 쫓아 먼 밤길을 걸어온 것이었습니다……."

나는 여자애가 공책을 읽는 소리에 당황했다. 아이들에게 스쳐서 위태롭게 흔들리는 꽃병은 아무 생각도 할 수 없다. 이를테면 깨지느냐 마느냐, 죽느냐 사느냐. 동화를 다 읽은 후에도 아무 말도 하지 않는 나를 그 애는 물끄러미 바라보더니 조심스레 공책을 돌려주었다. 내가 쓴 글 옆에는 그 애가 그린, 네로와 파트라슈가 알루아와 껴안고 있는 그림이 있었다.

"미안해……. 이거 어제 방과후에 음악실 청소하다가 풍금 밑에서 발견했어. 어제 내가 당번이었잖아. 겉에 이름이 없어서 아이들에게 물어봤더니 수업시간마다 네가 뭔가를 쓰던 공책이라고 하더라고. 그리고 허락도 없이 그림 그린 것도 잘못했어……."

　체육 시간이 끝나 다음 시간이 되고 그리고 수업이 끝날 때까지 난 음악 공책의 겉장을 뚫어져라 쳐다보았다. 표지에는 머리를 산발하고 심각한 표정을 지은 남자가 오선지를 들고 있는 그림이 그려져 있었다. 베토벤이었다. 선생님은 이 남자가 귀머거리라고 했다.

　난 생각했다. 그렇다면 이 남자도 나의 태양계에 속한 사람이라고. 내게 속한 것과 딴 세상에 속한 것은 엄격하게 구분되는 것이었다. 하여 귀머거리 남자에게 시선을 고정시키면서 곤혹스러운 감정을 다스리려 애썼다. 난 다른 차원에서 건너온 사람이 그린 그림을 차마 펼쳐볼 수 없었던 것이다. 그렇게 마음이 뒤숭숭한 상태로 수업이 끝나 책가방을 챙기는데 그 애가 뭔가를 주고 갔다. 딱지 모양으로 접은 편지였다.

　'네가 쓴 《플랜더스의 개》가 정말 좋았어. 난 전에 텔레비전으로 네로와 파트라슈가 죽은 마지막 편 보고 펑펑 울었거든. 어쨌든 맘대로 봐서 미안하고 사과의 표시로 이거 먹어.'

　난 편지를 읽다가 그 애가 쪽지와 함께 준 것을 만져보았다. 은박지에 싸여 있었는데, 말랑말랑한 지우개 같은 감촉이 느껴졌다.

'근데 너 지난 주일에 교회에서 나 본 거 기억 안 나? 새로 부임한 아빠 따라 예배 끝나고 인사했잖아. 전학 와 같은 교회에 다니는 친구를 알게 돼서 참 기뻐. 그건 그렇고 혹시 시간 되면 《캔디 캔디》 속편도 써주면 안 되겠니? 캔디가 앨버트 아저씨랑 엮이는 건 정말 아니라고 봐. 이왕이면 안소니랑 맺어지는 걸로 지어주면 난 무척 행복할 거야. 안소니야 일찌감치 말에서 떨어져 죽은 것으로 나와 있지만, 네로도 살려내는 너라면 어찌 방법을 찾겠지! ― 너의 친구 에스더가.'

은박지를 까보니 샛노란 덩어리가 나왔다. 잠시 망설이다가 입안에 넣어보니 뭐랄까, 비누 맛이 났다. 이를테면 집에서 쓰던 노란 다이알비누를 아랫목에 잠시 데워 보드랍게 만들고 칼로 얇게 썰어 앞니로 깨물면 날 듯한 맛이었다. 난 더 나중에야 그게 체더치즈라는 걸 알았다.

그러고 보니 지난번 주일예배가 끝난 후 새로 부임한 목사님이 가족들을 소개하던 게 어렴풋이 떠올랐다. 나는 다시 쪽지를 읽어보았다. '정말 좋았어'라는 말이 낯선 외국어처럼 느껴졌다. 그리고 그 애는 '난 무척 행복할 거야'에서 '행복'이란 말을 분홍빛 색연필로 도드라지게 썼다. 그 애가 쓴 낱말들에는 신비롭고 자극적인 중력이 있었다.

하여 난 거기에 영향받아 처음으로 행복이란 단어에 관심을 갖게 되었다. 그건 나의 태양계로 진입한 혜성에 대한 탐구일지도 몰랐다. 난 새로운 천체의 궤적에 대해 심사숙고했다. 혜성은 꼬리에 낯선 낱말들을 달고 흘러들어왔다.

난 조심스럽게 나의 내부에 작은 방을 만들고, 새로운 천체가 몰고 온 말들을 차곡차곡 모아두기 시작했다. 그 때문이었을까, 며칠 후 주일예배가 끝난 후에 교회 사택 앞에서 난 그 애에게 《캔디 캔디》의 속편을 적은 음악 공책을 빌려주었다. 물론 안소니는 오선지 위에서 부활에 성공했다.

그 후로 우리는 자주 여러 가지 동화나 만화, 그리고 만화영화를 해피엔딩으로 고쳐 쓰는 데 골몰했다. 난 안데르센이 쓴 《인어 공주》의 속편을 썼고 에스더는 거기에다 그림을 그렸다. 〈엄마 찾아 삼만 리〉의 마르코는 훨씬 일찍 엄마를 만났고, 두 번째로 고칠 때에는 아예 엄마와 헤어지지 않은 채 모험을 떠나는 것으로 바꿨다.

우리가 쓴 합작품은 반 아이들에게 꽤 인기를 끌었다. 공책도 여러 권으로 늘었고, 어떤 것은 옆 반 아이들까지도 돌려보기 시작했다. 그즈음 《캔디 캔디》의 열풍이 잠시 수그러들었지만 곧 이어 등장한 〈은하철도 999〉가 선풍적인 인기를 끌게 되었다.

당연히 우리 콤비는 〈은하철도 999〉에 등장하지 않는 여러 가지 에피소드를 지어냈다. 이를테면 걸어서 소풍을 다니는 식물들이 사는 행성에서, 흉측한 짐승의 눈을 가져 따돌림을 받는 백합에 대한 이야기 같은 것이었다. 이 에피소드는 특별히 인기를 끌어 쉬는 시간이면 옆 반 아이가 와서 속편을 독촉하기도 했다.

에스더라면 모르겠지만, 아이들의 칭찬과 재촉은 나로서는 그 자체로 신세계였다. 그건 하나의 우주가 다른 우주에 온전히 겹쳐지는 체험이었다. 나는 더 이상 책상 앞에만 앉아 있지 않았다. 요의가 찾아오는 게 별로 두렵지 않았고, 차츰 체육 시간에도 아이들과 함께 운동장으로 나갔다. 달리기라면 곤란했지만 철봉에 매달려 턱걸이를 하는 정도라면 나도 할 수 있을 것 같았다.

"어제 엄마에게 보여주었어. 엄마가 참 재밌다며 칭찬하셨어. 물론 내 그림도 끝내줬지만. 시간 되면 오늘 저녁 먹으러 오래!"

에스더의 식사 초대였다. 우리가 특별히 심혈을 기울여 만든 〈은하철도 999〉 '콘도르 행성 편'이 사모에게도 칭찬을 받은 셈이다. 그날 저녁 주저하며 참석한 식사 자리에서 난 사모와 동석한 전도사에게 처음으로 인사를 드릴 수 있었다. 사모는 나에게 친절했고, 교양이 풍부했던 전도사는 만화영화 〈은하철도 999〉

의 원작이 일본의 《은하철도의 밤》이란 동화라는 등 여러 가지 재밌는 얘기를 해주며 나를 편하게 대해주었다. 그날 난 미야자와 겐지의 일어판 《은하철도의 밤》을 선물로 받았다.

그 후로 난 자주 에스더네 사택에 놀러 가서 사모가 해주시는 저녁을 먹었다. 그리고 마가린을 프라이팬에 둘러 구운 식빵 사이에 치즈를 끼워넣은 토스트에 점차 익숙해지게 되었다. 어느새 체더치즈가 다이알비누에서 고소한 맛으로 혀에 기꺼워진 것이다.

전도사도 자주 식사 자리에 동석하곤 했는데, 에스더의 말에 의하면 신학대를 졸업한 후에 재야운동이란 걸 하다가 고난을 겪은 적도 있는 아주 훌륭한 분이라고 했다. 자주 심방을 다닌다고 했던가, 나는 식사 자리에서 거의 뵌 적이 없어 어색하기만 했던 목사님과 달리 전도사에게는 깊은 존경심을 품게 되었다. 그는 미야자와 겐지에 대해서도 잘 알아 그가 쓴 이런저런 동화를 들려주었는데, 남자인 내가 봐도 참 멋있는 사람이었다.

"《은하철도의 밤》은 조반니가 둘도 없는 친구 캄파넬라와 함께 은하수를 여행하며 하나씩 진리를 터득해간다는 내용이야. 이 둘은 서로서로 말을 걸며 기쁨과 슬픔을 함께 나누지. 그런데 정말로 뜻밖인 것은 캄파넬라는 조반니가 환상으로 만들어낸 존재라는 거지. 여행이 시작될 때 이미 캄파넬라는 죽어버렸는데 그걸 받아들이지 못한 조반니가 만들어낸 환상이라는 거야. 어때, 참 신기하지?"

그즈음 난 에스더가 우리가 쓴 책을 제일 먼저 전도사에게 보여주곤 한다는 걸 알았다. 알고 보니 전도사는 그 애가 맨 처음 가져갔던, 그러니까 내가 음악 공책에 쓴《플랜더스의 개》해피엔딩 버전도 이미 읽었던 것이다. 에스더는 전도사가 참석한 식사 자리에서 더 환하게 웃는 것 같았고 그건 나에게 일말의 페이소스를 안겨주었다. 그렇다. 난 다시 불안해졌다.

생각해보면, 전도사가 준《은하철도의 밤》에 적힌 외국어는, 비록 낯설지만 무섭지는 않았다. 시간이 오래 걸리겠지만 그건 얼마든지 나의 궤도로 잡아낼 수 있는 종류의 것이기 때문이었다. 하지만 전도사의 지적이고 부드러운 미소와 보기 좋게 쭉 뻗은 팔다리는 아무리 오랜 시간이 흘러도 내가 도달할 수 없는 어떤 미의 영역이어서 두려웠던 것이다.

에스더네, 그러니까 교회 사택에서 나오며 그런 쓸쓸한 느낌을 받는 밤이면 난 교회 뜰에서 눈을 감고 여러 가지 식물들을 매만져보았다. '이건 해바라기의 꽃잎이니까 입술, 라일락은 귓불, 산나리 속살은 뺨…….' 난 계절마다 그렇게 여린 꽃잎이나 보드라운 잎사귀, 그리고 축축한 밤공기를 매만지며 에스더의 얼굴을 재현해내었다. 설혹 에스더가 내 곁에서 사라진다 하여도 난 그 애를 기억할 수 있도록. 마치 조반니가 상상으로 지어낸 캄파넬라에게 다정하게 말을 걸듯이.

그러던 어느 날 저녁이었다. 어느덧 계절은 여름을 훌쩍 지나 늦가을로 접어들고 식사 후에 전도사가 내게 연극 얘기를 꺼냈다.

"한 달이 지나면 크리스마스이브인데, 너도 알다시피 그땐 어느 교회에서나 성극(聖劇)을 하거든. 보통 〈아기 예수와 동방박사〉나 〈다윗과 골리앗〉 같은 걸 했는데, 올해는 특별히 《은하철도의 밤》을 연극으로 꾸미고 싶어. 대본은 내가 간추려줄 테니까 네가 조반니 역을 맡고, 에스더가 캄파넬라 역을 맡아주렴. 어때, 너희 둘이 도와줄 수 있지?"

순간 나는 대답할 수가 없었다. '세상에나 연극이라니? 그럼 내가 많은 교인들 앞에서 대사를 외운단 말이지?' 대사만이 문제가 아니었다. 더 난감한 것은 무대에 올라 이리저리 돌아다녀야 한다는 것이다. 과연 그것이 가당키나 할까? 전도사는 다음 주부터 연습을 시작할 테니까 우선 구경해보다가 그래도 못할 것 같으면 그때 얘기하라고 했다. 난, 일단 연습에 참여해 구경은 해보겠다고 대답했다. 그리고 며칠간 열두 살의 소년이 할 수 있는, 최고로 진지한 사색을 하기 시작했다. 그건 다음과 같은 자문이었다.

첫째, 과연 난 무대 위에 올라 이쪽 끝에서 저쪽 끝까지 걸어갈 수 있을까? 둘째, 그것도 대사를 외운 상태에서 표정과 몸짓을 바꿔가면서? 셋째, 아니, 연기를 떠나서 난 도대체 《은하철도의 밤》에 대해 무엇을 알고 있는 거지?

그 시절 내가 던진 질문은 그 후로도 오랫동안 나를 괴롭혔다. 은하계에 대한, 혹은 이편에서 저편 끝까지 다리를 끌며 우주를 통과하는 것에 대한 고민은 내 존재의 질감을 변화시킬 수 있는 중요한 질문이었다. 다시 한 번 말하지만 그때 난 겨우 열두 살에 불과했다. 어떤 종류의 불균형 때문에 세상과 나 사이에 둔탁한 유리를 세우고 있다가 이제 겨우 슬며시 그걸 열어본 참이었다. 이를테면 난 관절이 고장 난 피노키오에서, 그러니까 일종의 무생물체에서 생물체 비슷한 것으로 겨우 진화한 셈이다. 그런 내가 다리를 끌며 무대를 지나 먼 우주의 끝까지 갈 수 있다고?

도저히 엄두가 나지 않았다. 무대에 서는 것도, 그리고 그 무대를 걷는 것도. 그러나…… 친구와 함께라면 어쩌면 가능하지 않을까? 그러니까 캄파넬라로 존재의 질감을 바꾼 에스더와 함께라면 말이다.

내가 고민하는 사이, 연극 준비는 차근차근 진행되었다. 나는 에스더와 그리고 다른 주일학교 아이들과 이런저런 소품을 만들면서 거듭 고민했다. 물론 나 역시 안전하지만 외로운 나만의 태양계에서 벗어나 먼 미지의 세계로 출발하고 싶었다. 누군들 그러하지 않을까?

'그러니 이번 연극에서 조반니의 역할만 잘 소화하면 난 비로소 시옷으로 시작하여, 백색왜성처럼 나를 짓누르던 어떤 단어의 중력을 이겨낼 수 있을 것이다.' 이 점은 확실했다. 또한 나는 연극이 끝난 후에도 죽는 날까지 조반니로 살 각오가 돼 있었던 것이다.

그러나 내가 불안했던 것은 에스더였다. 내가 조반니로 먼 우주로 향하는 도상에 선다 해도, 에스더는 언제까지 캄파넬라의 역할을 맡아 나와 동행할 수 있는 거지? 난 우아한 동시에 다정다감한 전도사를 보며, 에스더의 진심을 알고 싶었다.

언젠가 전도사는 주일학교 예배에서, '도마의 믿음'에 대한 예화를 말해준 적이 있었다. 예수가 부활했다는 증언이 쏟아졌지만 의심 많던 도마는 그걸 믿지 않는다. 예수의 손에서 못 자국을 보지 않고는 믿지 못한다는 것이 도마의 입장이었다. 그런 도마 앞에 예수가 직접 나타나 정말로 손에 난 못 자국을 보여주었다고 했다. 전도사는 이런 예화의 끝에 강하고 확신에 찬 어조로 예수의 명제를 말씀하셨다. '너는 나를 보았기에 믿느냐? 그러나 보지 않고 믿는 자는 복되도다.'

하지만 충분한 존경심에도 불구하고 전도사의 그 말만큼은 절실하게 다가오지 않았다. 만약 전도사가 단 한 발짝이라도 잘못 내디디면 책상에서 떨어져 온 존재가 산산이 부서지는 꽃병의 처지였다면 그런 말은 쉽게 하지 못할 것이다. 하여 난 에스더의 진심을 알아보기로 했다. 즉 나는 도마가 되기로 결심한 것이다. 그리고 내가 도마가 되어 확인하고 싶은 에스더의 진심은 바로 교회당 기도함 속에 들어 있었다.

*

당시 예배당의 입구에는 특별한 헌금을 넣는 연보함(捐補函)이 있었고, 본당 옆 기도실에는 기도함이 있었는데 교인들은 각자가 심사숙고한 기도의 주제를 적어 그 통에 넣곤 했다. 물론 원하는 사람은 목사님께 직접 편지를 전달하고 특정한 사안을 위해 기도해달라고 부탁할 수도 있다. 하지만 기도함에 든 편지들은 누구도 별달리 볼 일이 없었다. 그건 편지를 쓴 신도와 하나님만이 아는 것이다. 그러니까 그건 온전히 신에게만 부치는 사적인 연애편지 같은 것이었다.

난 에스더가 정성스레 접은 편지를 기도함에 넣는 걸 본 적이 있었다. 난 편지에 담긴 에스더의 기도 제목이 알고 싶었다. 어쩌면 거기에는 경건한 동시에 잘생긴 전도사에 대해 어떻게 생각하는지 적혀 있을지도 모른다. 그리고 무엇보다도 나의 불균형에 대해 어떻게 생각하는지도. 처음 만났을 때부터 그 애는 나의 그늘에 초연했지만, 사람의 속마음이란 건 아무도 모른다. 《해저 이만 리》에 나오는 니모 선장의 노틸러스호 같은 잠수함을 타고서 사람의 깊은 바닥까지 내려가서야 비로소 진심을 확인할 수 있는 것이다.

여하튼 일주일이 흐르고 드디어 연극 〈은하철도의 밤〉의 첫 연습 시간이 되었다. 연극은 교회 본당에서 진행되었다. 대사가 거의 없는 간단한 배역을 맡은 대여섯 살 되는 유치부 아이들도 참석해서 예배당은 꽤나 소란스러웠다.

"앞 장면은 아직 배역이 다 정해지지 않았으니까 미리 말한 대로 오늘은 차표를 검사하는 장면부터 연습해보자. 다들 대사는 연습해왔겠지? 그리고 조반니 역할이 아직 정해지지 않았으니까 객석에서라도 네가 대사를 읽어주렴. 알겠지?"

연출을 맡은 전도사가 신자석(信者席)에 앉아 있는 나를 보며 말했다. 내가 앉은, 가로로 길쭉한 나무의자는 일종의 객석인 셈이었다. 나는 알겠다고 사인을 보냈다. 캄파넬라 역할을 맡아, 헐렁한 남자 옷을 뒤집어쓴 에스더가 무대에서 내게 손을 흔들었다. 대충 준비가 되고 전도사가 신호를 보내자 은하철도 차장 역을 맡은 아이가 나와서 늘어선 승객들의 표를 검사했다. 대본상 조반니의 차례가 되자 에스더가 소품으로 준비한 차표를 대신 내밀었다. 그러자 옆에서 지켜보던 새잡이 역할을 맡은 아이가 차표를 보며 말했다.

"오! 이것은 놀라운 것입니다. 이것은 진짜 천상의 세계로도 갈 수 있는 차표입니다. 천국이 문제가 아닙니다. 어디든 마음대로 갈 수 있는 통행권입니다. 이것을 갖고 있으면 은하철도는 사차원에도 갈 수 있죠. 당신, 대단한 분이네요."

새잡이는 대사가 부담되는지 대본을 거의 읽고 있었다. 더듬더듬한 것이 연습 못한 티가 났다. 이제 내 대사였다. 난 객석에 앉아 부담 없이 첫 대사를 읽었다.

"뭐가 뭔지 모르겠어요. 제 차표가 그리 대단한 건가요? 그렇지만 이걸로 어디까지 갈 수 있을지는 정말 모르겠는걸요."

그러나 다음 장면에서 또 차장과 새잡이는 머뭇거렸다. 전도사는 그런 아이들에게 대사에 넣어야 할 감정과 함께 취해야 할 동작을 가르쳐주었다. 난 에스더가 아이들과 연습하는 장면을 보다가 조용히 본당을 빠져나와 사택으로 향했다.

난 자주 사택에서 저녁을 먹으면서 연보함의 열쇠가 목사님 사무실 책상 서랍 속에 있다는 것을 알게 되었다. 아마 기도함의 열쇠도 함께 있을 터이다. 멀리 본당에서 아이들이 연습을 하는 동안, 난 몰래 사택 문을 열고 사무실로 숨어들었다. 아까 연극 연습 시작 전에, 목사님은 사모와 함께 무슨 약속이 있어 외출한다고 했으니 좋은 기회였다. 열쇠만 꺼내면 전도사가 아이들과 본당에서 연습에 열중하는 동안 충분히 기도함을 열어볼 수 있을 터다.

*

사택 거실에서 이어진 미닫이문을 열고 들어가니 사무실은 깊은 어둠 속에 잠겨 있었다. 난 간유리로 된 미닫이문 옆에서 잠시 숨을 골랐다. 얼마 후 어둠에 눈이 익자 성구를 적어넣은 액자와 책장들이 보였다. 난 유리 문진이 놓여 있는 책상으로 다가가 서랍을 연 다음, 안의 내용물을 더듬기 시작했다.

그때였다. 사택 현관문이 열렸다 닫히는 소리와 함께 거실에 불이 켜졌다. 거실의 불빛은 간유리를 투과해 사무실로도 새어 들어왔기에 나는 급히 책상 밑으로 숨었다. 그리고 곧 거실에서는 작은 목소리로 다투는 소리가 들렸다. 목사님과 사모, 그리고 낯선 목소리의 여자였다. 여자는 사모에게 뭔가를 집요하게 애원하고 있고, 평소 조용했던 사모는 흐느끼고만 있었다. 중간에 낀 듯한 목사님은 처음에는 여자를 말리다가 나중에는 지쳤는지 그 둘을 내버려두고 혼자 기도를 했다.

난 꼼짝없이 책상 밑에 숨어 그들의 대화를 들어야만 했다. 본당의 교인들을 의식했는지 그들은 아주 작은 목소리로 다투었기에 잘 알아들을 수 없었다. 이따금 알아들을 수 있는 말들도 있었지만, 열두 살의 아이에게 그건 주식시세표나 모스부호 같은 것이었다. 뭔가 의미는 있는 것 같지만 무슨 의미인지 확실히 알려면 수많은 사건과 판단의 시행착오를 거쳐야 하는 언어들.

그러니까 그런 언어는 마치 〈은하철도의 밤〉 연극 준비를 하면서 에스더와 내가 만들었던 차표 같은 것이었다. 우리가 소품으로 준비한 은하철도의 차표는 예배당의 끝자리에서도 볼 수 있도록 커다란 도화지로 과장스럽게 만든 것이었다. 전도사에 의하면 원작에서는, 차표엔 까만 덩굴무늬가 가득하고 가운데에 이상한 글자가 열 자 정도 쓰여 있다고 했다. 그리고 그걸 보고 있노라면 왠지 그 속으로 빨려들어갈 듯한 기분이 든다고 적혀 있다고 했다.

우리는 고심 끝에 테두리에 덩굴무늬를 그리고 가운데에는 전도사가 적어준 헬라어 글씨를 베껴넣었다. 그런데 책상 밑에 숨어 그 수수께끼 같은 소곤거림을 듣자, 소품으로 만들었던 차표의 기묘한 글자가 떠올랐던 것이다.

'이젠 자리를 내어주세요……. 애당초 목사님과 우리 언니가 실수한 건 맞아요……. 하지만 이제 목사님도 남은 인생을 행복하게 보내야 하지 않겠어요? 지난번 교회에서 제가 교인들 앞에서 흥분한 바람에 결국 목사님이 교회를 옮기게끔 만든 것은 참으로 죄송해요……. 하지만 제가 오죽하면 언니 대신에 이렇게 나서겠어요……. 에스더도 이제 사실을 알아야 하지 않겠어요? 염치가 없지만 제가 그 아이 이모가 돼요……. 처음에는 잔인하겠지만 언니를 보면 결국 핏줄은 서로 당길 거예요…….'

내가 어렴풋이 들은 대화는 이런 정도다. 얼마 후, 전도사가 연습이 끝났다고 찾아오고 그제야 그들은 사택을 나섰다. 난 불안한 마음으로 사무실을 빠져나오고 나서야 긴장이 풀려 주식

시세표나 모스부호 같은 어른들의 언어를 열두 살의 나이에 맞게 옮기기 시작했다. 그날 밤 내가 애써 정리한 내용은 다음과 같다. 첫째, 에스더는 사모의 딸이 아니다. 둘째, 에스더는 이 사실을 알고 있을까?

그날 밤 차표 가운데에 그려진 고대의 글자들이 빙글빙글 돌아가는 꿈을 꾸었다. 전도사는 그 철자들이 신약성서에 쓰인 헬라어라고 했다. 그렇다면 전도사가 적어준 그 낱말의 뜻은 무엇이었을까? 그리고 원작자인 일본 남자가 생각한 글자는 전도사가 말한 글자와 같은 것일까? 모든 질문들이 실타래처럼 엉켜 내 마음은 복잡해졌다. 난 뭐가 뭔지 모르겠다. 정말로.

다음 날도 연극 연습은 교회 본당에서 진행되었다. 수요일이었기에 수요 예배를 마친 다음에야 연습을 할 수 있었다. 난 예배 시간 내내 긴장했지만, 어젯밤 내가 들은 게 정말이었나 싶을 정도로 별일은 없었다. 사모도, 목사님도, 전도사도, 교회 뜰에서 이제는 낙엽을 떨구는 식물도, 기도함도, 교회 종탑을 떠받치는 붉은 벽돌도, 막 점등을 앞둔 크리스마스트리도, 밤하늘의 별들도, 그리고 무엇보다도 에스더도 별일이 없었다.

하여 난 다소 안심하며 대본 연습에 참여했다. 난 잠시 기도함에 대해 생각했지만, 이제는 열어볼 필요는 없다고 생각했다.

오랜만에 호출한 텔레파시로 그동안 에스더가 보인 모든 언어들을 곱씹어보고 난 후 내 나름대로 결론을 내린 것이다. 그건 이런 논리다.

애당초 에스더는 해피엔딩에 집착했다. 그건 나처럼 관절이 고장 난 피노키오 같은 치들이 공상하는 버릇이다. 물론 누구나 해피엔딩을 좋아하지만 그렇다고 그것에 집착하여 '직접 만들어내진' 않는다. 그런데 에스더는 직접 그렸다. 마치 나처럼. 에스더는 예전 체육 시간에 일부러 발을 접질린 척 교실로 온 것도 사실은 음악 공책에 그려넣은 자기 그림을 보여주고 싶어서였다고 했다.

난 신자석에 앉아 공책에다 다 외운 대사를 볼펜으로 눌러쓰면서 생각했다. 먼젓번 교회에서도 교인들 앞에서 소란이 있었다고 했다. 그래서 교회를 옮긴 것이기도 하고. 일이 그 정도 됐으면 에스더도 약간은 눈치채지 않았을까? 하여 등 뒤에서 호기심과 동정심으로 작게 소곤거리는 말들을 듣지는 않았을까? 만약 그렇다면 에스더도 이 우주에서 나와 비슷한 결점을 품고 있는 거다. 뭔가가 불균형한 사람들은 무생물의 처지에서 생을 시작한다. 하여 그들끼리는 같은 궤도로, 동행이 될 수 있다. 난 무대 위에서 헐렁한 옷을 입고 열심히 대사를 외우며 캄파넬라를 연기하는 에스더를 보며 생각했다.

'저 애는 결국 나와 같은 종류야.' 그렇다. 그러니 난 이제 안심할 수 있다. 전도사도 두렵지 않다. 모든 걸 다 가진 사람은 결국 나나 에스더와 같은 궤도로 겹치지 못한다. 난 에스더에게도 결점이 있다는 게 엄청나게 기뻤다. 왜냐하면 난 내 태양계로 날아든 이 어여쁘고 다사로운 혜성을 나의 천체로 삼을 수 있을 테니까 말이다.

하여 난 전도사에게 이제 조반니 역할을 하겠다고 또렷한 어조로 말씀드리고 바로 무대에 올랐다. 전도사는 그럴 줄 알았다는 듯이 빙그레 웃으며 바로 대사를 지시했다. 전갈자리 장면 다음이었다.

"자, 전갈은 퇴장하고 조반니, 한숨을 쉬며 다음 대사! 캄파넬라는 대답한 다음 눈에 눈물 그림 붙이는 거 잊지 말고."

연출을 맡은 전도사가 신호를 보냈다. 난 깊게 호흡을 한 다음 에스더에게 말했다.

"캄파넬라, 다시 우리 둘만 남았어. 이제 어디까지든 함께 가자. 나는 아까 그 전갈처럼 모두의 행복을 위해서라면 내 몸 따위는 백번 불에 탄다고 해도 상관없어."

"응, 나도 그래."

에스더는 대사를 외운 다음, 전도사의 지시대로 허리춤에 숨겨둔 예쁜 눈물 그림을 눈가에 붙였다.

캄파넬라의 대사 후에는, '그렇지만 진정한 행복이란 도대체 무얼까'라고 내가 맡은 조반니의 대사가 바로 이어진다. 원작에도 그렇게 적혀 있었지만 난 그게 불필요하다고 느꼈다. 왜냐하면 난 정말로 진정한 행복을 찾았다고 확신했기 때문이다. 난 커다랗게 그린 눈물을 눈가에 붙인 에스더를 보며 그렇게 생각했다.

*

그해 성탄절을 앞두고 많은 눈이 내렸다. 그리고 난 연극을 앞두고 행복했다. 물론 약간의 걱정은 있었다. 혹여 객석의 누군가가 내가 발을 끄는 것을 보고 킥킥대며 웃으면 어떡하나 하는 두려움이었다. 그러나 그렇다 해도 난 에스더와 함께 나의 배역을 충실히 연기할 수 있을 것 같았다. 내겐 캄파넬라가 있고, 캄파넬라에겐 곧 내가 있을 것이다.

크리스마스이브가 가까워지고 막바지 연습을 하던 우리는 잠시 쉬면서 펑펑 내리는 눈을 올려다보았다. 교회의 종탑에서부터 아래쪽으로 마치 만국기가 내걸린 듯 형형색색 꼬마전구가 달린 줄들이 부채꼴로 펼쳐져 있었다. 앞마당에 세워둔 크리스마스트리는 삼각뿔 모양으로 눈을 뒤집어쓰고. 그때 에스더가 말했다.

"그런데 전갈은 정말 좋은 벌레였을까, 아니면 어리석은 벌레였을까?"

아이들이 연기한 전갈은 어느 날 자신을 잡아먹으려는 족제비를 피해 달아나다가 우물에 빠져버린다. 그리고 익사하기 전에야 기도한다. '나는 살기 위해 지금까지 얼마나 많은 생명을 죽였는지 모른다. 그런데 달아나다가 물에 빠져 이렇게 부질없이 생명을 버리고야 마는구나. 왜 나는 조용히 내 몸을 족제비에게 내어주지 않았을까. 내 몸을 주었다면 족제비도 하루를 더 살아갈 수 있을 텐데. 하나님, 나의 마음을 알아주세요. 그리고 다음번에는 정말로 다른 생명을 위해 제 몸을 써주기 바랍니다.' 그러자 전갈의 몸은 하늘로 올라가 새빨갛고 아름다운 불이 되어 밤하늘의 어둠을 밝히게 되었다는 것이다.

"글쎄, 잘 모르겠어. 하지만 이 이야기에서 확실히 느끼는 게 하나 있지."

난 대답했다.

"뭔데?"

에스더가 되물었지만 난 성탄절까지는 비밀이라며 알려주지 않았다. 내가 에스더에게 비밀로 한 것은 일종의 결심이었다. 바로 이런 거다. '전갈이여, 나에게도 기회를 달라. 나도 너처럼, 모두의 행복을 위해서라면 내 몸 따위는 정말 백번, 아니 백만 번 불에 탄다고 해도 상관없을 테니까.'

난 그 말을 에스더에게 성탄절 선물을 주면서 해줄 참이었다. 그건 일종의 고백일 것이다. 그런데 내 염원에 대하여 전갈은 뜻밖의 회신을 보냈다. 크리스마스이브, 우리가 연습한 〈은하철도의 밤〉이 시작되기 전에 사모가 교회 종탑에서 앞마당으로 떨어진 것이다.

*

크리스마스이브, 난 공연이 시작되기 전 잠시 본당 옆 기도실에 들렀다. 에스더에게 줄 성탄절 선물을 기도함 옆에 감춰두었기 때문이다. 예배당에 두면 아무래도 누군가의 눈에 뜨일 터여서 오후 동안만 잠시 기도실에 두었는데 연극이 끝나면 바로 주려고 되가져 나오던 참이었다. 내가 준비한 선물은 머리핀이었다. 난 기대했다. 만약 에스더가 내가 준 머리핀을 한다면 나는 그 애의 머리카락을 머뭇머뭇 매만질 수 있을 것이다. 그리고 어쩌면 그건 당장 오늘 밤일지도 모른다. 나는 그런 달콤한 꿈으로 선물상자를 들고 사택을 나서는데 앞마당에서 갑자기 둔탁한 소리가 났다.

처음엔 뭔지 몰라 머뭇거리며 다가가보니 사모가 앞마당의 돌덩이에 머리를 부딪혀 쓰러져 있었다. 비나 눈이 오면 질척거리는 맨땅을 피해 딛도록 징검다리 모양으로 놓아둔 돌이었다. 사모의 머리뼈는 반쯤 금이 간 석류처럼 깨져 있었고 눈 위로 꽃처럼 붉은 피가 번지고 있었다.

그리고 시간이 잠시 정지해 있다가 다시 아주 느리게 흘러갔다. 나는 지금도 그렇게 흘러갔던 시간의 매 마디가 기억난다. 이를테면 첫 백 분의 일 초 동안은 새하얀 눈 위로 번지는 피가 너무도 비현실적이어서 언젠가 사모가 좋아한다고 말해주던 붉은 꽃이 생각났다. 그리고 다음 백 분의 일 초 동안은 그 꽃이 해당화였는지 혹은 동백이었는지 생각했다. 그리고 다음, 그리고 또 다음…….

난 그렇게 무한과 같은 몇 초가 지나고 나서야 빙결된 시간에서 풀려날 수 있었다. 그리고 본당으로 달려가 어른들을 불러왔고, 다음에는 누구나 짐작하다시피 큰 소란이 이어졌다. 많은 교인들이 사모의 주검을 보았을 테다. 그런데 내가 느꼈던, 얼어붙은 시간을 다른 사람들도 느꼈을까? 나로 말하자면 눈송이가 사모의 머리칼 위에서 아주 느리게 정지해 있던 것도 보았다.

폭설에도 불구하고 그런대로 구급차가 빨리 달려왔지만 시신을 수습하는 것 외에 그들이 할 일은 딱히 없었다. 당연히 우리가 한 달 동안 준비한 〈은하철도의 밤〉 공연도 없었다.

그 후로 교인들은 나에게 사람이 죽는 걸 보면서 아이는 어른이 된다고 조언하곤 했다. 그건 아주 질이 낮은 농담이었을까? 그렇지는 않을 것이다. 딱히 악의를 품고 한 말은 아니었을 테다. 아니, 오히려 일말의 선의를 가지고 한 말에 가까울 터이다. 그러나 이 지상에서 마주치는 어떤 이미지들은 도저히 언어로 희석시킬 수 없는 것도 있기 마련이다. 그런 이미지들은 목격자의 동공에 레몬 빛으로 달아오른 화인을 찍은 다음, 영원히 그 사람의 영혼을 삼키기도 하는 것이다.

내 경우에는 어떠했을까? 난 아주 운이 좋은 케이스였다. 부채꼴로 퍼져나가는 피에서 다행히 동백꽃을 보았으니 말이다. 아니, 어쩌면 해당화였을지도 모른다. 어쨌거나 꽃은 꽃이다. 노르망디 상륙작전처럼 일 분에 백 톤의 포탄이 쏟아지는 전쟁터에서 어떤 사람은 머리가 으깨지고 또 어떤 사람은 다리 한쪽을 졸업식에서 던지는 사각모처럼 공중으로 던져버리기도 하지만, 운 좋게 검지 끝에 약간의 찰과상만 입는 사람도 있다. 그 정도라면 벽에다 못을 박다가 손가락을 찧는 정도가 아닌가? 이런 경우를 운이 좋다고 하는 것이다. 어쩌면 아주 어려서 앓은 열병에 평생의 악운을 모두 써버려 이제는 딱히 커다란 행운까지는 아니더라도 대체로 무해한 운들만이 내 앞에 깔려 있는지도 모른다. 제발 그랬으면.

어쨌거나 난 다음 날 거의 추도식 같은 분위기의 성탄절 예배 후에 잠깐 경찰서에 들러야 했는데 그건 일종의 의례적인 목격자 조사였다. 동행한 어머니가 더 긴장해서 내가 잠깐 손을 잡아줬던 게 기억난다. 경찰은 우리 몫까지 짜장면 세 그릇을 시켜놓고 타자기를 쳤다. 수동 타자기의 활자가 종이를 치는 소리가 마치 연필이 부러지는 소리처럼 느껴져 거슬렸던 것도 기억난다. 처음 들어설 때 직업적인 습관으로 내 걸음을 관찰하던 경찰은 육하원칙에 따라 목격 상황을 정리했다.

나는 사모가 2층 종탑에 올라간 것은 전구 줄에 매달린 눈을 털기 위해서였던 것 같고, 종탑 입구에 쌓인 눈 때문에 미끄러져 떨어진 것 같다고 대답했다. 사실 그건 사모가 죽은 앞마당에서 교인들 사이에 자연스레 추정된 결론이었으니 나 역시 괜스레 다른 의견을 내세울 필요는 없었다.

경찰은 다 먹은 단무지 그릇에 담배꽁초를 비벼 끄며 고개를 끄덕였다. 물론 우리는 짜장면을 먹을 수 없었다. 경찰은 타자를 마치면서 마지막으로 물었다.

"실족한 후에 네가 맨 처음 목격했는데, 혹시 마지막으로 들은 말 같은 건 없니? 유언 같은 거 말이야. 너 유언이란 말이 뭔지 알지?"

경찰은 열두 살 된 소년이 유언이란 말을 알고 있는지 경찰이 된 후로 단 한 번이라도 생각해본 적이 없다는 표정으로 물었다. 난 유언이란 말뜻은 알지만 들은 건 없다고 짧게 대답했다.

나는 경찰서를 나서며 여전히 펑펑 쏟아지는 눈발을 올려다보았다. 나는 경찰에게 말하지 않은 게 있었다. 얼마 전 알게 된 목사님네의 다툼이나 혹은 내가 선물을 가지러 기도실로 갈 때 이미 사모가 종탑 위에 서서 형형색색의 꼬마전구가 아니라 그보다 훨씬 높은 곳을 보고 있었다는 것을. 하지만 호랑이 눈을 한 백합 모양의 함박눈이 쉼 없이 떨어지는 검은 하늘을 올려다보았다는 얘기 같은 건 영원히 비밀로 해두어도 좋을 것이다. 갑자기 추도식으로 변해버린 성탄절 예배에서 숙연하게 기도하던 목사님이나 에스더를 위해서. 그리고 다른 그 누구보다도 우선

나 자신을 위해서.

난 방금 '그 누구보다도 우선 나 자신을 위해서'라고 썼다. 난 사실 에스더를 '그 누구보다도 우선' 다음에 넣으려고 했었다. 생각은 그리 하였으나 나의 심해에 웅크리고 있는 무의식은 '나 자신'을 그 자리에 쓰게끔 만들었다. 난 이렇게 쓰고 나서 곰곰 이 생각해본 다음에, '누구보다도 우선 나 자신'이란 말에 내가 숨기고 싶었던 어떤 속마음이 있다는 것을 퍼뜩 깨달았다. 그리 고 이 고백은 뒤이어 이어질, 새로운 해의 짧은 에피소드와 밀접 한 관계가 있다. 이 글을 쓰면서도 난 내 본심을 숨기고 교묘하 게 데커레이션을 하곤 했다. 그러니 모처럼 내 마음의 마리아나 해구를 내비친 이 대목은 고치지 않고 그냥 두도록 하겠다.

*

얼마 후 새해가 되었고 난 교회 사택으로 가서 에스더를 불러 냈다. 짐작했던 대로 나의 캄파넬라는 몸이 상해 있었다. 어른들 이 자주 쓰는 표현대로 적자면, 얼굴이 반쪽이 되어 있었다. 난 그 애가 상해 있어서 약간은 기뻤다. 이제야 내가 해줄 일이 생 겼기 때문이다. 사람이 다른 사람을 돌보거나, 혹은 모두의 행복을 대신하여 몸을 불태우는 것에 특별한 자격증이 필요한 것은 아니다. 자격증이란 건 썩은 치아를 뽑아내거나 부러진 뼈를 다시 맞추거나 하얗고 빨간 알약들을 처방할 때 으스대며 내세우는 것이다. 반면에 습기에 젖어 반쯤 눅눅해진 크래커같이 축 처진 얼굴을 위안해주려면 먼저 습기가 배어나오는 구멍을 찾아낼 필요가 있다. 그리고 난 그 구멍을 찾아낼 수 있는 텔레파시를 갖고 있었다.

에스더와 난 교회 사택을 나와 거리를 지나 학교 운동장까지 걸어갔다. 내가 말했던가, 나의 걸음은 불균형하다고. 그러나 슬퍼할 필요는 없다. 나는 열세 살이 되었고, 그건 사람은 몸이나 마음의 한 군데쯤은 고장 난 관절이 덜렁거리고 있다는 걸 깨달을 나이이다. 우리는 그걸 이른 사춘기라고도 부른다.

우리가 걸었던 거리에는 온통 눈의 시체들뿐이었다. 다시 한번 더 말한다. 난 사춘기였고 눈에 배어나온 피의 색깔은 더러운 검은빛이라는 걸 알았다. 오후의 운동장은, 아무도 걷지 않았고 그래서 아직 더럽혀지기 전의 새하얀 은하계 같았다. 우리 둘은 그 은하계를 가로질러 거의 끝까지 걸어갔다.

"사실은 네 어머니가 돌아가실 때 들었던 말이 있어……. 너무 조그만 소리였고 내용도 불분명해서 그동안 무슨 말인지 궁리해봤는데 이제 알게 되었어."

난 은하계의 끝에 서서 에스더에게 말을 꺼냈다. 그 애는 걸음을 멈추고 나를 쳐다보았다.

"이런 말이었어. 잘 들어봐⋯⋯."

언젠가 우리가 그린 차표에는 온통 덩굴무늬로 가득하고, 그 가운데에 이상한 글자가 쓰여 있었다. 난 그 차표의 글자들을 읽어주는 것처럼 사모의 유언을 에스더에게 말해주었다.

"에스더⋯⋯ 내 딸⋯⋯ 주려고⋯⋯ 했⋯⋯ 어⋯⋯."

난 지난 성탄절에 경찰서에 갔던 일과 경찰이 물었던 마지막 질문에 대해서도 얘기해주었다. 그땐 경황이 없기도 하고 내가 띄엄띄엄 들은 이 말이 무슨 뜻인지 몰라 들은 게 없다고 하고 경찰서를 나섰지만, 지난 며칠간 곰곰이 생각해보니 그건 확실히 '주려고 했어'라는 말이었고, 오늘 아침에야 사모가 성탄절 선물을 준비하러 외출했던 게 생각났다고 했다.

"그때 너한테는 비밀로 한다고 기도실에 숨겨둔다고 하셨거든. 바로 이거야."

난 주머니에서 예의 선물상자를 꺼내 에스더에게 주었다. 에스더는 은하계의 끝에서 그걸 풀어보았다. 그러자 종이상자에서는 꽃무늬 머리핀이 나왔다. 난 머리핀을 에스더의 머리에 꽂

아주었다.

에스더는, 아니 나의 캄파넬라는 내 품에 안겨 울기 시작했다. 난 처음 안아보는 그 애의 그 따뜻한 질감과 체온에 마음이 기꺼웠다. 우리는 운동장 한가운데서 같이 기도를 했다. 그 애는 자기가 그동안 엄마의 죽음에 대해 얼마나 슬픔이 깊었는지에 대해 고백했고, 그리고 나는 사모의 유언을 당신이 사랑했던 에스더에게 온전히 전해주게 된 것에 감사한다고 기도했다.

지금도 난 그 기도가 어렴풋이 기억난다……. 그때 내가 '온전히'라고 말한 순간, 난 어떤 종류의 어둠이 둔탁한 중력으로 천천히 날 잡아당기는 느낌이 들었다. 일본 남자는 차표 안에 불가사의한 힘이 있다고 적었다. 전도사에게 그 힘은, 알파며 베타, 감마며 오메가로 증언되는 고대 헬라어였다. 아마도 그건 전도사의 세계에서 초월적인 힘을 갖는 언령(言靈)이었을 테다. 만약 전도사의 우주에서 가능하다면, 그러면 나 역시 기적을 다른 차원에서 찾아내리라.

누가 나에게 돌을 던지랴. 나는 내게 필요한 글자를 사차원에서 끌어오리라. 그때 난 에스더에게 함께 유언에 대해 전해준 것에 신께 감사한다고 기도했다. 물론 기도의 끝을 감히 '아멘'이라는 마술의 낱말로 마무리 짓기까지 했다. 그때 내 기도는 마치

고대의 현자가, 녹인 밀랍에 금속반지의 인장을 찍어 편지를 봉인한 다음 다른 도시의 수신인에게 비밀스러운 의견을 전하듯이 하나님께 항의하는 것이었는지도 모른다. 누군가 나에게 초월자의 못 자국을 보여다오. 난 그 구멍에 손가락을 집어넣고서도 의심을 버리지 않을 테다.

허구를 전언하는 것으로도 인간은 다른 인간에게 진심으로 겹칠 수 있다. 그때 난 그렇게 생각했다. 하지만 단 한 번이라도 허구를 진심이라고 포장해서 전언한 사람은, 역으로 다른 사람이 전하는 진심에도 무의식적으로 의심의 눈초리를 보낼 수밖에 없다. 그것으로 그는 영원히 신을 잃어버린다. 그렇지 않은가?

그것을 알면서도 나는 지어낸 열 글자의 말로 에스더를 구원했다. 그리고 난 대가로 에스더를 껴안을 수 있었다. 다시 한 번 말한다. 그 애의 질감은 따뜻하고 말랑말랑해서 마치 그 애의 내부에 있는 어떤 종류의 진심이 긴 혀로 풀려나와 내 몸을 부드럽게 핥는 것 같았다. 혀는 에스더의 머리핀을 만지는 내 검지 끝으로 흡수되어 내 손바닥과 팔뚝과 어깨와 심장을 지나, 다시 심장에서 퍼내는 피를 따라 혈관을 돌면서 내 몸 구석구석을 핥았다. 그러는 동안 에스더의 머리칼에서는 은은한 풋사과 냄새가 났다. 나는 아찔했다. 포옹은 아마도 앞으로도 계속될 것이다. 머리핀이 있는 한 난 언제든 에스더의 내부에서 발원하는 감미로운 혀를 느낄 수 있으리라. 나는 그 한순간 다른 질감을 가지게 된다.

어쩌면 나는 나의 전언으로 이렇게 될 줄 알았다. 그러니까 내가 지어낸 말은 저의를 담은 것이었다. 사실, 세상의 모든 발화(發話)에는 저의가 담겨 있다. 그러니 낱말들의 바다에 나의 전언을 더 보탠다 해도 그게 무슨 관계가 있으랴.

그때 새하얀 운동장의 한복판이, 석양으로 인해 눈에 불이 붙어, 마치 우리가 서 있는 곳이 레몬 빛으로 불타오르는 전갈자리가 된 것 같았다. 허구를 증언하는 것으로 이제 막 다른 차원에 눈을 뜬 소년은 신앙을 갖자마자 신을 잃어버렸다. 마치 이야기가 시작되자마자 초반부에 죽어버린 안소니처럼. 하지만 그건 모두의 행복을 위해 희생하는 이야기다. 내가 지어낸 전언으로 나와 에스더가 행복했다. 그러면 된다. 거기서 뭘 더 바라겠는가? 내가 신을 잃는다고? 캄파넬라와 함께라면 내 몸 따위는 정말 백만 번 불에 탄다고 해도 상관이 없다고 난 생각했다.

*

　그렇지만 조반니는 결국 캄파넬라를 잃어버렸다. 어떤 낯선 여자가 교회 사택에 온 다음이었다. 이에 대한 기억은…… 정말로 쉽지 않은 호출이다.

　그리고 그 후로 수십 년의 시간이 흘러, 조반니는 누구에게나 무해한 아저씨가 되었다. 물론 여전히 살아 있다. 그런데 가끔씩 밤중에 전갈자리를 올려다보곤 하는 이 남자는 살아 있는 게 맞는 건가? 조반니는, 그때의 조반니와 같은 사람인가? 정말로?

*

　나는 밤의 벤치에서 오래된 공책을 다 읽었다. 이것으로 새드엔딩에 안녕을 고하는 글에 필요한 거의 모든 추억을 호출한 듯싶었다. 언젠가 이 얘기를 약간은 비틀어 공개적으로 쓸지 모른다. 그러나 당장은 청탁받은 원고가 있다. 하지만 아직도 원고의 첫 문장을 적어내기가 망설여진다. 그것은 무엇 때문일까. 기억은 왜곡되어 있고, 치기는 미화되어 있기 때문일까?

　이를테면 사모의 죽음을 둘러싼 모든 기억은, 이미 어른이 되어버린 나 자신의 감상이 결부되어 유추된 것일지도 모른다. 누군가가 의도를 가지고 미시세계를 관찰하면 그 방향이, 마음이 의도한 대로 움직인다는 것이 양자역학의 관찰자 효과이다. 세기의 천재들이 다년간 연구해서 얻은 결론이니 틀림없을 테다. 그런 관점에서 열두 살에 성탄절을 보낸 소년이 '존재'라든가 '무한'이라는 낱말의 말뜻을 온전히 알 리가 없다는 스스로의 의심은 당연한 것이다. 확실히 그런 건 수많은 시행착오를 거쳐 얻을 수 있는 개념이다.

그렇지만 나는 때때로 낱말들의 난이도와 관계없이 그 시절 경험한 다른 차원을 분명히 기억한다. 사모가 죽을 때 경험한 시간의 결빙이나 혹은 백설이 레몬 빛으로 불타오르는 운동장에서 경험한 우주는 내가 '그 순간 그 자리에서' 뭔가를 보았다고 알려준다. 인간이 지어내는 많은 개념들은 대체로 어른들의 세계에 속해 있겠지만, 초월적 차원으로 이어지는 이격 체험은 오롯이 이른 사춘기를 맞은 소년의 것이 될 수도 있다.

자, 치기를 미화하는 것에 대해서는 이렇게 변명했다. 그러나 여전히 첫 문장이 망설여진다. 그건 방대한 기억의 영토에서 그 후로 일어난 일들이 마음에 걸려서인가? 그다음에 조반니에게는 무슨 일이 있었던가.

그 후 어느 날 난 미야자와 겐지의 《은하철도의 밤》을 잃어버렸다. 그리고 목사님은 어떤 낯선 여자를 에스더에게 소개하고, 이후로 그 애 역시 나에게 비밀이 생겨버렸다. 즉 캄파넬라와 조반니는 더 이상 모든 비밀을 온전히 나눌 수 없는 사이가 되었다. 그리고 나의 태양계로 진입했던 혜성은 크게 타원을 그리며 다시 먼 우주로 멀어져갔다.

캄파넬라는 멀어졌지만, 전도사는 그 후로도 나에게 중요한 사람이 되었다. 다른 결말을 지어내는 버릇이 몸에 배어버린 나는 뒤늦게 작가가 되었다. 그리고 등단 소감문에 '은하수와 별자리와 우리가 지키는 별'에 대해 적었다.

하지만 아직도 나는 가끔 정신을 잃는다. 어느 해 연말, 선배 작가의 시상식 뒤풀이에 참석한 적이 있었는데 주점의 입구에는 어린 동백꽃 화분이 놓여 있었다. 아마 그전에 눈이 내렸을 것이다……. 방사형으로 돋아나는 꽃잎은 눈 부스러기와 함께 얼어붙어 있었는데 나는 그걸 보는 순간 잠시 정신을 잃고 휘청거렸다. 같이 간 동료가 왜 그러냐고 몸을 잡아주었지만 길 한복판에 주저앉아 크게 호흡을 내쉬고서야 정신을 차릴 수 있었다. 아마도 잠시 흐느꼈던 것도 같다……. 그러나 겨우 그 정도뿐이다. 내가 한 조각의 눅눅해진 크래커라 해도 난 내 공포의 근원을 알고 있으니 달리 더 나빠질 일이 없다. 얘기하자면 조반니는 그럭저럭 살아가고 있는 것이다.

불균형에 대해서도 적어본다. '내년에는 틀림없이'라는 말과 함께 부모님이 장담한 '좋은 약'은 그 후로도 없었지만, 대신 나는 몇 차례의 수술을 받았다. 아직도 왼쪽 다리가 오른쪽보다 집게손가락 첫 마디의 절반 정도 더 짧지만 더 이상의 수술은 어려웠다. 열두 살의 언어로 표현하자면, 여전히 피노키오는 피노키오로 남아 있는 것이다. 하지만 그 정도쯤이야 가끔 망치로 손가락을 찧는 것과 비교하여 그다지 더 나쁘지 않다. 그렇지 않은가?

이것으로 짧은 청탁 원고를 쓰기 위해 내가 쏟아낼 것은 다 쏟아냈다. 더 이상 '새드엔딩에 안녕을'을 쓰기 위해 걸리적거리는 것은 없다. 자, 이제 《은하철도의 밤》은 어떻게 해피엔딩으로 바꿀 수 있겠는가?

공책 끝부분의 빈 페이지를 살펴보니 청탁받은 원고를 쓸 여백은 되어 보인다. 난 공책을 덮고 아주 오래전에 그랬던 것처럼 표지의 그림을 쳐다본다. 머리를 산발한 상태로 펜을 든 귀머거리 남자였다. 그 시절, 그러니까 음악 공책에 뭔가를 쓸 때는 모든 해피엔딩이 술술 풀려나왔다.

나는 남자를 보며 첫 문장을 생각한다. 여전히 혀끝으로만 문장이 간질간질 맴돈다. 내가 지어낸 허구의 전언은 무슨 의미가 있을까? 이를테면 그 사보의 글을 누가 읽는가? 그렇게 생각하자 처음으로 이런 생각이 들었다. 어쩌면 동화《은하철도의 밤》은 새드엔딩이 아니라 오히려 해피엔딩이 아니었을까? 아니, 보다 근본적으로《은하철도의 밤》에서 새드엔딩과 해피엔딩을 구분 짓는 게 도대체 무슨 의미가 있을까?

생의 시작점에서부터 불균형했던 한 소년은《은하철도의 밤》이란 허구에서 살아갈 어떤 힘을 얻었다. 충분한 힘은 아니지만 어쨌든 차표는 얻어낸 것이다. 그 티켓을 가지고 접촉하는 사차원에서 무엇을 발견하든 그건 온전히 내 몫이다. 나쁘다곤 할 수 없다. 다시 한 번 말한다. 사실 달리 더 나빠질 일도 없지 않은가?

그런데, 그런데 말이다. 겐지가 했으면 나도 따라 할 수 있지 않겠는가? 그리고 내가 일본 남자의 낱말들에서 다른 차원으로 흘러들어가는 초월적인 마술을 얻었듯이 단 한 명의 타인이라도 내가 지어낸 허구에 의하여 그렇게 되진 않을까?

그런 생각을 하자…… 조그만 용기가 생기고 드디어 청탁 원고의 첫 문장이 떠올랐다……. 나는 수십 년의 시간을 이격하여 음악 공책에 내가 생각해낸 첫 문장을 쓰려고 한다. 그러나 그 전에 밤하늘을 올려다보며 진심을 다해 속삭인다. 내가 진심이라는 건 지금 이 순간 내가 울고 있다는 것이 증명한다. '안녕, 캄파넬라! 고마워요, 미야자와 겐지!'

화성의 물고기를 낚는
경쾌한 낚시법

낚시꾼 누가 그랬다. 칠짜 감성돔은 화성인 같다고. 누군가가 잡는 걸 봤다는 사람도 있고, 오짜나 육짜가 있으니 칠짜도 있지 않겠냐는 사람도 있고, 심지어는 술만 마시면 젊은 시절에 은빛으로 출렁이는 그 고기를 거의 잡을 뻔했다가 놓쳤다고 큰소리치는 사람도 있다.

낚시에서 일짜는 10센티미터를 말한다. 그러니 칠짜는 70센티미터짜리 고기다. 0.7미터짜리 감성돔이라니, 칠짜란 말을 들으면 젊은 시절 풍랑을 만났다가 어린아이 몸뚱이만 한 다금바리를 건져 올릴 뻔했다는 어촌 촌로들의 고리타분한 회고담을 듣는 것 같다. 하긴 누구나 이런 전설을 하나씩은 가슴에 품고 있는지도 모른다. 늦은 밤 포장마차의 객기와도 같은 술주정을 들으면 칠짜 감성돔이 꼭 미확인비행물체와도 같다는 생각이 든다.

칠짜 감성돔을 믿고는 싶지만, 마음 한편으로는 '아냐, 그런 게 있을 리도, 더더구나 잡힐 리도 없지……' 하고 혼잣말을 하게 된다.

밤낚시 코스로 조행을 떠나는 토요일, 흐릿한 고속도로는 나직한 습기에 젖어 있었다. 주중까지만 해도 딱히 낚시 생각이 없었지만, 금요일이 되어 주말 일기예보를 들으니 오래 묵었던 마음이 천천히 더워져왔다. 항상 이맘때, 여름이 되면 그렇다. 태풍 소식이라도 들려올라치면 마음은 더 초조해진다. 하여 인터넷에 접속해 낚시 동호회의 조행 상황을 확인하고 밤낚시 코스를 예약했다.

시간 맞춰 터미널 근처의 출조사로 나가보니 이런저런 조행 팀들이 깃발을 들고 성원이 되기를 기다리고 있었다. 난 예약했던 곳에 이름을 확인하고 챙겨온 기본 채비를 승합차에 밀어넣었다. 예약자 서넛이 펑크를 내 동호회 측에선 현장에서 결원을 메울 인원을 섭외했다. 아무래도 모자란 인원을 채워야 머릿수대로 나누는 경비 부담이 줄어들기 마련이다. 주말을 앞둔 출조사 앞에는 민물이면 민물, 바다면 바다대로 승합차들이 서 있으니 낚시꾼들은 원하는 목적지를 골라 몸을 싣는다. 내가 속한 인터넷 동호회원들은 온라인의 닉네임을 확인하며 서로 수인사를 나누고 있었고 그사이 12인용 승합차는 만석이 되어 남해로 출발할 수 있었다.

밤낚시를 위해 눈을 붙이는 사이 어느새 승합차는 고속도로 톨게이트를 빠져나오고 있었다. 일부는 계속 자고 있었고 몇몇은 간만의 출사인지, 가볍게 들뜬 목소리로 서로의 조행기를 주고받고 있었다. 마치 군대 다녀온 사람들이 그 시절의 이런저런 무용담을 과장스럽게 떠드는 것처럼. 차가 시퍼런 바다가 보이는 국도로 접어들 무렵 칠짜 감성돔 얘기가 나왔다.

"뭐니 뭐니 해도 바다낚시는 감성돔이지. 건져 올렸을 때 은빛으로 번쩍번쩍하는 그 빛깔하며. 아, 오늘 오짜 할 수 있을까."

"에이 방장님도, 오짜가 그리 쉽나요. 저도 낚시 십 년에 딱 한 번 건져보았는데. 그러면 우리 내기할까요. 점심값 정도 추렴해서 일등 한 사람에게 몰아주기 어때요?"

"안 돼, 그렇게 욕심부리다 사고 나지. 우리 동호회 기본 수칙 잘 알면서 왜 그래? 첫째도 안전, 둘째도 안전이라고. 우리 동호회는 징크스가 있는데, 지금까지 출사하면서 내기 걸면 꼭 안전

사고 나더라고."

"맞아요. 아무래도 내기 걸면 마음이 급해지더라고요. 재작년 출사 때 뭔가 묵직한 게 걸려서 급한 마음에 생각 없이 뜰채에 손 넣었다가 미역치에 쏘여 그 즉시 낚시 접고 병원으로 직행했 잖아요. 아, 그때 생각하면 아직도 손바닥이 저릿해요."

뒷자리에서 자고 있던 한 회사원이 어느새 깨어 얘기를 거든 다. 사실, 주말에 조행을 나서는 사람들은 대개 자영업자나 샐러 리맨이다. 평일에는 직장에 매여 있다가 주말이 되어서야 새파 란 '바다에서 고기와 인내심을 겨루는 것이다. 그리고 다시 단조 로운 일주일을 버티는 것이다. 그러니 이런 꾼들에게 오짜나 육 짜짜리 감성돔은 그 사람의 내밀한 의식으로 임재하는 꿈의 전 령일 터이다.

"근데 정말 칠짜짜리 감성돔이 있을까요?"

"어딘가에 있긴 하겠지. 국내 최고 기록이 아마 68센티미터 가 그렇잖아. 그러니 칠짜도 바닷속 어딘가에 어슬렁거리고 있 겠지."

"뭐 기록이 중요한가요, 손맛이 중요하지. 전 놀래기 같은 잡 어라도 잡을 땐 손맛만 좋던데."

"하긴 우리 마누라는 아직도 그러대. 그깟 물고기, 삶짜면 어

떻고 또 오짜 넘는 대어면 뭐 하느냐고, 솥에 넣고 끓이면 어차
피 똑같은 매운탕이라고 말이야."

"와, 심하네요. 그럼 100미터 달리기에서 9.7초로 뛰는 것이
나 19.7초로 뛰는 것이나 뛰고 나서 숨차기는 마찬가지라고 받
아치지 그러셨어요? 그래도 그건 아니죠."

어느새 서로의 닉네임에 익숙해진 동호회원들이 말을 섞는
다. 조용하던 차 안에 잠시 웃음이 떠돈다. 사실 낚시꾼들이야말
로 타인에 대해 가장 무심한 족속인 동시에 이해받고 싶어하는
치들이다. 오로지 혼자서 물고기를 상대한다는 점에서. 그렇지
만 그 결과에 집착하고 그걸 어떻게든 보여주고 싶어한다는 점
에서. 심지어 애써 잡은 고기를 다시 놔주더라도 그 크기만은 재
어보는 것이 낚시꾼이 가진 이상한 마음이다.

주말의 국도를 달리면서 그렇게 상념에 젖어드는 동안, 어느
덧 차는 남해의 항구에 도착했다. 동호회에서 예약해둔 3톤급
유어선으로 갈아타고 한 시간을 더 달려 감성돔으로 유명한 섬
으로 이동했다. 시간은 어느덧 어슴푸레한 초저녁.

"오늘 강수 확률이 좀 있으니까 우비들 챙기시고요."

선장의 안내와 함께 선상에서 간단하게 포인트별로 인원 배
정이 있었고 배는 섬을 돌면서 군데군데 동호회원들을 하선시

켰다. 난 원했던 포인트에 내려 자리를 잡고 밑밥통과 채비들을 정리했다. 마지막으로 구명조끼를 점검하고 휴대용 의자를 펴고 앉자 날것 그대로인 바다가 시야를 가득 메웠다.

초저녁.

아마 바다낚시가 매력적인 것은 하늘과 물이 시시각각 표정을 바꾸며 거대한 수채화를 역동적으로 펼쳐내는 데 있을 것이다. 이미 초저녁 서쪽 하늘은 옅은 진달래 빛에서 남해의 섬들에 지천으로 피는 짙은 동백 빛으로 빠르게 안색을 달리하고 있었다. 마치 새벽에 짙은 쑥물 같은 하늘이 점차 밝은 완두콩 빛의 색채로 변해가는 것처럼. 그렇게 갯바위의 풍경은 팔레트에 섞이는 물감처럼 수시로 표정을 바꾸곤 한다.

그런 부드러운 원색을 배경으로 많은 바닷새가 천천히 휘감아도는 동안, 섬은 정상에서 갯바위로, 다시 수면 아래의 해저 지형으로 마치 한 인간의 응축된 역사와 같은 자연의 힘을 뻗어내는 것이다. 그러니까 그건 수면 아래 잠들어 있는 삶의 우여곡절. 그러니 그런 바다에서 건져 올리는 것은 무엇이나 꿈의 물고기인 셈이다. 그런 생각을 하며 가져온 채비를 정리할 때 내가 자리 잡은 포인트 쪽으로 한 남자가 다가왔다.

"아, 원투낚시를 하시나 봅니다. 실례지만 여기 위쪽 포인트에 제가 자리 잡아도 될까요? 먼저 내린 저편 포인트는 영 신통치 않아 보여서요."

"그러시죠. 갯바위야 앉는 사람이 주인이고 말벗이 보태지면 더 좋지요."

남자가 갯바위 위에 가져온 채비를 정리하는 동안 난 흰 새우를 미끼로 끼우고, 대를 뒤로 꺾어 크게 바다를 향해 던졌다. 낚시터에 도착하면 가장 먼저 해야 할 것이 포인트를 정하는 일이다. 포인트를 확인하는 눈썰미야말로 낚시꾼의 경력을 함축적으로 증명한다. 포인트는 갯바위의 지형, 조류의 흐름과 깊이를 고려하지만 가장 중요한 것은 낚시꾼마다 터득해온 감이다. 이곳이 승부를 볼 자리라는 그런 감. 그리고 그런 포인트를 찾으면 낚시꾼은 기대에 부풀어 첫 캐스팅을 한다. 아니, 캐스팅은 포인트를 정하는 것으로부터 이미 시작된 것인지도.

내가 던진 원투는 낚싯대를 물에 던지고 고기가 물 때까지 계속 기다리는 낚시다. 그냥 던지고 기다린다는 점에서 초심자에게 어울리는 방식이기도 하지만, 질긴 인내가 필요하다는 점에서 낚시의 승부를 아는 원숙한 꾼들의 장르이기도 하다.

난 언제 올지 모르는 입질에 대비해 주의 깊게 낚싯대 끝의 초릿대를 응시했다. 신호가 왔을 때 적절한 타이밍에 챔질을 하지 않으면 모처럼 입질한 고기를 놓칠 수 있다. 기다림, 사실 이게 낚시의 본질이 아니던가.

어느새 준비를 마친 남자도 첫 캐스팅을 했고, 그사이 간단하게 서로 인사를 나누었다. 나보다 두어 살 많아 보이는 남자는 강이라고 했고, 나 역시 김이란 성과 함께 이제 마흔 중반으로 교직에 있다고 소개했다.

"아, 선생님이시군요. 김 형은 조력이 어떻게 되시나요?"

조력은 낚시 경력을 말한다. 난 어려서부터 아버지를 따라다녔다고 대답을 했다. 그사이 첫 입질이 왔다. 줄을 끌어당기는 팽팽한 느낌. 그 야생의 진동이 손바닥에서 팔뚝으로, 그리고 다시 어깨로 이어졌다.

첫수네요, 하고 강이 뜰채로 고기를 건져주었다. 첫수, 그러니까 처음으로 낚은 고기는 혹돔이었다. 손맛은 좋지만 살이 물러 맛은 별로인 천덕꾸러기. 그런 주제에 힘은 좋아 뜰채에서 요동을 친다. 어떡해서든 뜰채 밖으로 튀어 도망치려는 생명의 몸부림. 처음으로 이 느낌을 받았던 때가 언제였을까. 그건 내가 방학을 맞아 아버지 손에 끌려 나선 어린 시절이었을 테다.

그해, 플라잉 낚시를 하던 아버지는 나에게 조그만 견지낚싯대를 쥐여주었다. 시키는 대로 허벅지까지 잠기는 계곡 지류에 한참을 서 있으려니 온몸이 시려왔다. 도저히 참을 수 없어 물 밖으로 나오려던 그때였다. 툭툭, 낚싯줄 끝으로 뭔가 걸려왔다. 전화선을 타고 사람의 목소리가 순식간에 지구 반대편으로 전해지듯이 어떤 미지의 생명체가 내 손에 무언가 메시지를 전해오는 느낌. 펄떡거리는 그 감각은 일종의, 그러니까 야성이 전하는 모스부호였다.

난 생판 처음 겪어보는 그 느낌에 어쩔 줄 몰랐다. 마침 아버지는 텐트 자리를 보러 계곡 너머 쪽에 있었고 난 할 수 없이 본능적으로 견지낚싯대의 얼레를 감아올렸다. 어찌어찌 물 위로 들어 올리니 한 뼘이 넘는 물고기가 퍼덕이고 있었는데, 아가미로 바늘이 삐져나와 있어 난 그 피에 당황했다. 그리고 꿈틀거리는 물고기를 잡으려다 바늘에 찔리고 말았다. 첫 낚시의 따끔한 기억이었다. 그러다가 나중에 아버지가 오고 나서야 그게 어름치라는 것을 알았다.

아마 그날 밤 난 꿈을 꾸었을 것이다. 그날 내가 잡은 몇 마리의 물고기들이 내 팔뚝으로 파고드는 꿈이었다. 기이한 감촉이었다. 펄떡거리는 생명의 진동이 내 안에 있는 어떤 날것을 일깨운 것 같았다. 마치 한여름에 얼음 조각으로 얼얼하게 귓불을 누르는 느낌.

　내가 혹돔을 바다에 던지고 다시 초릿대를 지켜보며 상념에 잠기는 사이에 강도 첫수를 했다. 나 역시 강이 해준 것처럼 뜰채로 고기를 건져주었다. 갯바위 낚시는 이렇게 서로 도와가며 하는 게 일반적이다.

　확인해보니 강의 첫수는 복어의 일종인 졸복이었다. 일단 눈에 들어오는 미끼는 무조건 건드리고 잘도 빼먹는 놈. 그렇다고 미끼만 조용히 빼먹는 것도 아니고 낚싯줄까지 싹둑 자르는 날카로운 이빨을 가지고 있는 놈이다. 게다가 복어 종류라 잘못 먹으면 중독될 수 있다. 그러니 아깝지만 바다에 버릴 수밖에 없다.

　"오늘 밤은 날씨가 궂을지도 모른다고 하던데 그래도 생각보다 회원들이 꽤 많습니다. 김 형은 이 섬이 처음인가요?"

　"아뇨. 아주 오래전에 한 번 와본 적이 있어요. 생각해보니 벌써 이십 년 전이네요."

　"그런가요? 김 형은 미끼로 백크릴을 쓰는 걸 보니 돔을 염두에 두셨는지? 아까 유어선 선장 말이 이 섬은 돌돔하고 감성돔 명당이라고 하던데요."

　"이 섬에선 돔이죠. 남해면 아무래도 대어니까 다들 그걸 바라보고 왔을 테고요. 강 형은 아까 보니 청갯지렁이를 쓰시던데 새우 좀 나눠드릴까요?"

"아니, 뭐 그럴 것까지야. 몇 번 더 던져보고 정 입질이 없으면 그때 부탁할게요."

"생미끼는 여러 종류가 있으니 말씀하세요. 다만 제가 원투만 하다 보니 인공 미끼는 없습니다만."

자잘한 홍합이며 담치, 굴 껍데기가 다닥다닥 붙어 있는 갯바위로 어느덧 저녁이 내려앉고 있었다. 강과 난 그렇게 이런저런 미끼의 종류에 대해 얘기하며 초릿대 끝에 케미라이트를 달았다. 검은 바다 위로 한 쌍의 야광 빛이 반짝거렸다.

미끼.

언젠가부터 난 미끼에 대해서 하나의 원칙을 가지고 있었다. 그건 인공 미끼를 쓰지 않는다는 것. 그러니 인공 미끼를 다는 루어낚시도 하지 않는다. 요새는 낚시 종류에 따라, 혹은 번거롭다는 이유로 인공 미끼를 많이들 쓰고 있지만, 바다의 심연에서 물고기와 나, 이렇게 단둘이서 대결을 벌이는 이상 최소한 미끼만큼은 정직한 걸 달아줘야 한다는 이상한 신념이 나에겐 있었던 것이다.

미끼에 속아 낚시에 걸린 고기에게 그 미끼마저 날것이 아닌 플라스틱이나 나무 혹은 납 쪼가리였다는 것은 더 잔인한 일이다. 난 밤바다를 바라보며 오래전 내게 그런 가짜 미끼를 썼던 한 사람을 생각했다.

십여 년 전, 군 복무를 마치고 복학한 학교에 정말로 눈길을 끄는 여학생이 있었다. 사람의 눈이란 엇비슷한 것인지, 그 여학생은 같은 수업을 듣는 남학생들의 집중 공략 대상이었다. 내가 보기에도 한참 괜찮아 보이는 남학생들이 눈에 불을 켜고 주시하고 있었기에 변변찮은 복학생이 낄 여지는 없었다. 낚시로 말하자면 난 적당한 포인트를 찾지 못했던 것이다. 더군다나 그녀는, 말하자면 심해어 같았다. 도저히 어쭙잖은 낚시질로 붙잡을 수 없는 사람이었다. 내가 낚시로부터 배운 것 중의 하나가 내 낚싯대로 넘볼 수 없는 것은 일찌감치 포기하란 것이기도 했다.

그러던 어느 날, 도서관에 들러 과제를 작성하고 있는데 그녀가 내게 전화를 했다. 난 두 번 놀랐다. 우선은 그녀가 내 번호를 알고 있었다는 것에 대해, 그리고 다음으로는 그녀의 용건이 커피숍에서 만나자는 것이었기에. 떨리는 마음을 진정시키고, 아마도 리포트 같은 걸로 도움을 청하는 걸 거라 생각하며 그녀가 정해준 약속 장소로 나갔다.

"무슨 일로 나를⋯⋯?"

"관심 있어서요. 안 돼요?"

나의 직설적인 질문에 그녀의 대답은 더 직설적이었다. 물론 수업 시간 가끔 그녀와 의례적인 인사를 나눌 때 내 목소리가 약간은 떨렸다는 것을 부인하지 못하겠다. 하지만 훨씬 더 괜찮아 보이는 남자들의 구애를 뿌리치고 내게 호감을 표시할 줄이야. 난 마치 화성에서 헤엄쳐온 물고기를 발견한 기분이었다.

당시 난 학교 앞에서 친구와 함께 자취를 하고 있었는데, 자연스럽게 그녀는 자주 놀러 와 저녁을 먹었다. 갑작스레 비 오는 날 그녀를 위해 우산을 들고 강의실 앞에서 몰래 기다렸고, 그 기다림이 행복하다는 것을 처음 알았다. 원투낚시의 기다림과 전혀 다른 생경한 느낌이었다.

그러나 모든 건 나의 착각이었다. 한참 시간이 지나고 나서야 뭐가 잘못됐는지를 겨우 알아챘다. 언젠가 학교 식당에서 나와 친구가 식사하는 걸 본 그녀가 그와 자연스레 안면을 트기 위해 내게 미끼를 던진 것이었다. 차라리 그녀와 사귀는 와중에 친구가 끼어든 삼각관계였다면 그렇게 비참하진 않았을 것이다. 흔한 이야기였다. 지금도 많은 바다에서 수많은 미끼가 던져지고 있고, 그리고 그걸 무는 고기는 항상 있으니까. 미끼들에는 항상 사연과 저의가 붙어 있다. 그러니 그 자체를 탓할 일은 아니다.

다만 그 당시 내 문제가 심각했던 것은 이미 내가 그녀에게 푹 빠져든 상태였다는 것이다. 낚시에 빗대자면, 미끼를 너무 깊이 삼켜 도저히 스스로는 바늘을 토해내고 바다 한가운데로 도망칠 수 없는 상황이라는 뜻이다. 더 비참했던 것은 내가 문 미끼는 살아 있는 갯지렁이나 신선한 새우가 아니라 고작해야 플라스틱으로 만들어진 루어였다는 것이다.

하여 난 목구멍 깊숙이 심한 상처를 입었다. 그때 난 이를테면 이런 심정이었다. '좋다. 미끼에 낚인 것은 인정한다. 그것은 어차피 나의 실수였으니깐. 하지만 그 미끼마저 날것이 아닌 플라스틱 쪼가리였다는 건 용서할 수 없는 것이다.' 그렇다. 아직은 이십 대 초반인 나에게 그것은 생애 처음으로 겪은 쓰디쓴 체험이었다. 마치 난 첫수에 미역치의 독 가시에 쏘인 것 같았다.

친구는 내 입장을 고려하여 그녀와의 관계를 공식화하지 않으려고 했고, 결과적으로 우리 셋은 표면적으론 좀 이상한 삼각관계가 되었다. 그러나 난 참고 기다렸다. 그 당시의 내가 할 수 있었던 유일한 것은 낚시로부터 배운 것을 응용하는 방법뿐이었다. 그건 기다리는 것이었다. 기다리다 보면 언제고 승부를 걸 타이밍이 올 테고 그때 과감해지면 되는 것이다.

밤의 바다에서 그렇게 상념에 젖어 있는데 케미라이트가 수직으로 흔들렸다. 챔질을 해보니 야행성 수종인 쏠종개였다. 역시 낚시꾼에겐 환영받지 못하는 손님고기였다. 난 쏠종개도 바다로 던지고 다시 힘껏 캐스팅을 했다. 철썩 하고 멀리 떨어져 천천히 수면 위로 떠오르는 케미의 샛노란 형광을 보니 손바닥은 살아 있다는 생의 감각으로 뜨거워졌다. 분명 그런 촉감은 교실에서 분필을 잡거나 시험문제를 내면서 컴퓨터 자판을 두드리는 감각과는 달랐다. 언젠가 그녀와 팔짱을 꼈을 때 느껴지던 감촉처럼 팔뚝의 세포 하나하나가 화들짝 깨어나는 것이다.

그리고 그렇게 수면 위에서 물속으로 감각을 밀어넣으면 마치 눈으로 보는 것처럼 바닷속 풍경이 연상된다. 물고기가 미끼를 톡톡 건드릴 때마다 숙련된 꾼들은 그게 어린 놀래기인지, 시커먼 우럭인지, 아니면 은빛으로 비늘을 번쩍이는 감성돔인지 바로 알아챌 수 있는 것이다.

그리고 옛날, 그녀가 내가 아닌 친구를 좋아하고 있음을, 셋이 있을 때 그 애의 눈빛만을 보고 바로 알아차릴 수 있었다. 그렇다. 외딴섬의 갯바위는 자신이 낚지 못한 생의 행복에 대해 매번 그렇게 상기시킨다.

하지만 밤바다에서 그렇게 상념에 젖는 것이 그리 잔인하지 않았던 것은 아마도 신선한 소금기를 품고 있는 해풍 때문일 터이다. 섬에서의 밤은 이르게 시작되고, 멀리 등대 불빛 외에 갯바위를 둘러싼 모든 사물은 곧 오징어 먹물처럼 짙은 어둠으로 뭉개지지만 대체로 시각이 사라지면 그때 비로소 생의 새로운 감각이 부풀어 오르는 것.

끝없이 꿈틀대는 파도의 근육이 짭짜름한 바람과 번민하는 소리로 전해지고, 그러면 그 아래 살아 있는 모든 야행성 생물들은 본능적으로 욕정과도 같은 생의 탄력을 희구하는 법이다. 물고기들도 마찬가지. 그러니 대어는 거의 밤이나 이른 새벽에 나오는 법이기도 하다.

밤에 저항할 수 없는 심연의 바다에서 어신을 감지하는 케미가 수면 위로 어른어른 올라오는 것을 보면서 난 한 인간이 오래 간직할 수 있는 기억을, 탐색할 수 있는 한도 내에서 다시 되풀이하였다. 그러니 밤낚시에서 캐스팅하여 던지는 케미는 곧 자신의 심연에 드리우는 신호이며, 끝없이 기다리는 원투낚시는 혼자만의 고립된 전투로 정의할 수 있는 것이다. 그렇다면 나와 한 쌍으로 케미를 검은 바다에 드리운 남자는 누구와 대결을 하는 걸까.

"실례지만 김 형한테 뭐 하나 물어봐도 되나요?"

"네, 강 형."

"김 형은 왜 오늘 같은 날 밤낚시를 하시는 건가요? 오늘 같은 날엔 이렇게 비도 고역일 텐데."

일기예보대로 어느새 비가 시작됐다. 갯바위로 내리는 비는 수시로 표정을 달리하며, 숨 쉬는 것처럼 규칙적으로 꿈틀대는 파도의 근육을 어루만진다. 난 강 형과 함께 우비를 꺼내 들며 말했다.

"강 형. 전 사실 오늘 비 보러 왔어요. 일기예보 보니 강수 확률이 좀 있다고 해서 출조한 셈이죠. 오랜만에 밤바다에 비가 내리는 게 보고 싶어서요."

"하긴 저도 사실은 이렇게 한 번쯤 바다에 비가 내리는 걸 보고 싶어서 나선 셈이죠."

"강 형이야말로 무슨 사연이라도?"

"글쎄요……. 그러니까 제 친구 얘긴데요. 친구 중에 이 섬에서 여동생을 잃어버린 놈이 있어요. 김 형은 기억하시려나? 오래전 삼풍백화점이 무너지던 해였어요. 그해 태풍 페이라고, 엄청난 놈이 올라왔다고 해요. 대형 유조선이 좌초되기도 하고. 그해 여름에 많은 사람이 태풍에 피해를 입었죠. 그런데 하필이면 그해 태풍이 몰아치던 때 여동생이 학교 친구인 남자애 둘과 함께 밤낚시를 갔는데 그만 바다에 빠지고 만 거예요. 친구 여동생이 먼저 실족하고 그다음에 여동생을 구하려고 바다에 뛰어들었던 다른 남자애도 같이."

"아, 그런 일이 있었군요."

"그런데 사고 상황이 공교로운 게, 낚시를 간 셋은 일종의 삼각관계였다나 봐요. 참 애매한 상황이죠. 서로 그런 사이였는데 바다에 와서 둘은 죽고 하나만 멀쩡히 살아남았으니. 상황이 묘해서 경찰에서도 꽤나 신경을 쓴 눈치였는데, 결국 사고로 결론이 나고 말았어요. 그 친구도 원래 낚시를 좀 했었는데 그 사고 이후로 아예 조행을 못했다죠, 아마."

"그런 일이 있었군요. 경우는 다르지만 제 친구 중에도 밤바다에서 안 좋은 일을 겪어 가끔 울증이 도지는 녀석이 있지요. 그놈도 그 후로 낚시에서 멀어졌는데 아주 가끔씩은 오히려 밤낚시가 생각난다고 하더군요."

"사실 이런 데서 등 떠밀면 누가 보는 사람도 없고 알 게 뭐예요. 파도에 휩쓸리면 끝인데. 게다가 태풍이 몰아치는 상황이라면. 그렇지 않나요? 아무리 구명조끼를 착용했어도 비가 억수로 내리는 바다라 바로 사경인 셈이죠……. 하지만 어쩌겠어요. 이

런 바다에선 이렇다 할 증거도 찾기 어려운 데다가 정말로 사고
사일 수도 있는걸요."

"뭐라 드릴 말씀이 없네요. 그런데 정말 사고사일 수도 있잖
습니까. 혹시 아니라고 여길 만한 증거라도 있나요?"

"친구는 여동생이 죽고 난 후 한동안은 사고사려니 하고 마
음을 다스리고 있었는데…… 갈수록 더 그놈이 의심스럽더라
고 하더라고요. 나름대로 수소문해보니 그놈은 어려서부터 낚
시를 해서 어떻게 하면 안전사고가 나는지 잘 알고 있었을 거란
말이죠. 그리고 무엇보다도, 설혹 순전히 사고라 하더라도 왜 둘
이 빠졌을 때 꼭 그렇게 지켜만 봤어야 했느냐, 이런 심정도 있
었겠죠. 가족 입장에서는 사실 그게 제일 분통이 터질 일이었다
고 하더라고요."

애기하는 동안 비는 더 심해졌고, 로프가 없으면 갯바위를 오
르기 힘든 상황까지 되어 일단 안전장비를 꺼내놓았다.

"충분히 오해할 만한 상황이군요. 그래서 어떡하셨나요?"

"글쎄, 어떻게 했을 거 같나요? 딱히 방법은 없었다고 하죠.
그래도 가끔씩 복사해둔 수사 기록을 되풀이해 읽어봤다고 하
더라고요. 그런데 어느 날 문득 어떤 생각이 들어 죽은 여동생의
신발을 다시 조사해봤다더군요. 당시 죽은 여동생은 갯바위에

서 신는 스파이크 안전화를 신고 있었는데, 낚시 가기 전에 그걸 골라준 게 바로 살아남은 그놈이었대요."

"스파이크화요? 그럼 오히려 더 신경을 써준 거잖아요?"

"그렇죠. 사실 처음엔 그런 점들이 그놈한테는 유리한 요소로 작용해서 단순 사고사로 결론도 모아진 거고요. 그런데 김 형은 방파제 같은 테트라포드에서는 갯바위 안전화가 더 위험하다는 걸 알고 있나요? 테트라포드 같은 반들반들한 표면에서는 스파이크 핀의 표면적이 적어서 오히려 미끄러지기 쉽다는 거죠. 그래서 방파제 낚시에서는 갯바위 안전화가 오히려 더 위험하다는 게 상식이고요."

"그런가요? 하지만 사고가 난 곳은 이 섬의 갯바위라면서요?"

"그렇죠. 그런데 갯바위 중에는 떡바위라고 해서 마치 방파제의 테트라포드처럼 매끌매끌한 게 있다는 거죠. 그리고 나중에 확인해보니 사고가 난 곳은 바로 이곳처럼 경사가 급하게 진 떡바위였고. 게다가 비까지 내려 더 미끄러웠을 테고. 김 형은 이 점에 대해 어떻게 생각하나요?"

"글쎄요. 그렇지만 그렇게 치밀하다면 다른 방법도 많지 않았을까요? 전 오히려 혼자 남은 그 남자가 불쌍하네요. 서로의 관계가 애매하긴 했지만 그래도 친한 두 명이 바닷속에서 허우적대며 죽어가는 것을 보면서도 어찌할 바를 몰라 평생 죄책감을 안고 살아갈지도 모르잖아요."

"만약 그게 정말 사고였다면 같이 물에 뛰어들라곤 감히 못 하겠죠. 그것도 태풍이 몰아치는 바다에서 말이죠. 그렇지만 로프가 없었다면 자기가 입고 있던 구명조끼라도 벗어서 낚싯줄로 묶어 던져줬을 수도 있잖겠어요. 친구가 가장 한으로 생각했던 건 그런 시도가 없었다는 거죠. 김 형은 그런 생각이 들지 않나요?"

"생각해보니 그런 방법도 있었겠군요. 하지만 이런 생각은 안 드세요? 나중에 떠올린 그런 가능성 때문에 오히려 살아남은 사람은 더 괴로워하며 살아가지 않았을까요?"

비가 더 심해지고 아래쪽 갯바위는 더 이상 보이지 않았다. 사람들이 살아온 사정이 제각기 다르듯이, 갯바위의 표정들도 그렇다. 갑자기 민낯을 보이기도 하고 거꾸로 갑자기 얼굴을 감추기도 한다. 누구나 사정은 오직 그 자신밖에 모른다.

"사실, 친구 녀석은 작년 이맘때도 그놈 뒤를 캐보았다고 해요. 그놈이 가입한 낚시 동호회 활동도 주시하고, 직장도 살펴보고……. 어쩌면 여동생과 똑같은 사고가 그놈한테도 일어나길 기대하고 있었는지 모르죠. 여동생이 그랬던 것처럼 갯바위라면 금상첨화겠지만 꼭 그렇지 않더라도 막 진입하는 전철을 기다리는 플랫폼 같은 곳이라도요. 현대사회라는 게 한 발자국만 안전선에서 벗어나면 위태로운 게 아니던가요. 친구 녀석은 언젠가부터 그런 상상이 참기 힘든 유혹으로 솟구쳤다고 하더라고요. 김 형은 그런 적 없나요? 등이 미치도록 간지러운데도 몸을 움직일 수 없는 사정이 있어 시원하게 긁지 못하는 상황 같은 거 말이에요. 그런데⋯⋯."

강이 잠시 머뭇거리는 사이에 케미라이트의 야광이 흔들렸다. 내가 주의를 주자 곧 강은 줄을 팽팽하게 잡아당겼다. 4호쯤 되는 카본 낚싯대가 바다로 크게 휘어졌다. 파이팅은 기술이다. 파이팅은 낚시꾼들이 고기와의 힘겨루기를 이르는 말이다. 줄이 여러 방향으로 팽팽하게 휘청거렸고 한참을 그렇게 밀고 당기기를 하고 나서야 고기가 빗줄기가 떨어지는 수면으로 머리를 내밀었다. 고기를 건지려고 보니 뜰채가 짧았다.

난 강을 보았다. 강은 힘을 다해 커다랗게 타원을 그리는 낚싯대를 잡고 있었다. 난 잠시 망설이다가 로프를 잡고 갯바위 아래로 내려갔다. 빗줄기 섞인 거친 파도가 발목까지 치고 내려갔다. 난 뜰채로 강이 낚은 고기를 건져 올렸다. 한눈에도 대어였다.

강에게 고기가 담긴 그물망을 올려주고 로프를 잡았다. 강은 갯바위 위쪽에서 로프를 당기려다 잠시 나를 내려다봤다. 멀리 등대 불빛에 역광으로 비친 강의 그림자가 거뭇했다. 강이 잠시 멈춘 그 시간이 검은빛처럼 느껴졌다. 마치 낚싯바늘이 드리워진 바닷속의 시간들처럼. 마치 내가 바닷속에 스스로 던져진 생미끼 같았다.

나를 내려다보던 강은 이윽고 심호흡을 한 번 하고 로프를 힘껏 끌어올렸다. 난 갯바위의 미끄러운 해조류를 딛고 올라 강의 손을 붙잡았다. 안전 장갑을 낀 강의 손은 생각보다 튼튼했다. 강이 힘을 써 끌어당기자 난 곧 평탄한 갯바위 위로 올라설 수 있었다. 강은 로프를 감으면서 방금 건져 올린 고기를 보여주었다. 눈대중으로도 거의 세 뼘은 나가 보이는 감성돔이었다.

"엄청나네요. 강 형, 축하합니다. 자로 한번 재어볼까요?"

"뭐 그럴 필요까지요. 전 그저 밤바다에서 누군가와 옛날얘기를 하고 싶었을 뿐이에요. 여하튼 막판에 이걸 낚으니 기분은 시원하네. 어때요, 김 형이 가져갈래요?"

난 고개를 저었다.

"아니에요. 말했다시피 저도 이 섬의 밤바다를 보러 왔을 뿐인데요. 아주 오래전에 와보고 그 후로 얼마 만인지…….”

난 강과 함께 한층 빗줄기가 거세진 밤바다를 내려다보았다. 바닷물이 번져 올라 하늘과 뒤섞이는 검은 바다가 우리 앞에 오래된 시간처럼 가득 펼쳐져 있었다. 그리고 마음속 갯바위는 온갖 풍화작용을 견디면서 이십 년 전이나 이제나 세월을 조용히 견디고 있는지도 모른다. 그런 생각을 하자 비 내리는 바다가 지어내는 추상화 같은 풍경은 이곳이 마치 먼 우주의 다른 행성처럼 느껴지게 했다.

“김 형은 그동안 고기 많이 잡으셨나요?”

“옆에서 뻔히 제 실력 보셨으면서. 그렇긴 하지만 글쎄요, 언젠간 화성의 물고기를 낚고 싶은 바람은 있습니다만.”

“화성의 물고기요?”

“네, 화성의 물고기요. 화성에는 아주 거대한 협곡이 있다고 하더라고요. 그리고 아주 오래전, 그러니까 1억 년 전쯤에는 그 계곡에 물이 가득 차 있었을지도 모른다고 하더라고요. 만약 1억 년 전쯤 그런 계곡에서 낚시를 하면 어떤 고기가 잡힐까요? 언젠가부터 전 그렇게 허황된 게 궁금하더라고요.”

“김 형, 부디 잡길 바랍니다. 언젠간 화성에 물이 다시 차오를 수 있고 만약 그런 날이 오면 꼭 화성의 물고기를 잡을 수 있을 거예요. 그리고 오늘 여러모로 고마워요."

"아니에요, 저야말로 고맙습니다. 비록 제가 잡은 건 아니지만 이렇게 근사한 감성돔을 보니 정말 오랜만에 마음이 후련해지네요. 그런데 강 형, 궁금한 게 있습니다. 아까 말씀하시다 만 얘기를 마저 듣고 싶습니다만."

"아, 친구 얘기요? 친구는…… 결국 마음을 돌려먹었다고 하더군요. 그 이유는…… 작년 겨울, 한동안 그놈을 따라다녔나 봐요. 여동생 사고 때 살아남은 그놈요. 뭐 별다른 이유는 없었겠죠. 여동생과 똑같은 사고를 당하게 하겠다고 말한 건 그저 풀지 못한 울분 때문이었을 테고요. 어쨌거나 놈을 따라간 그날도 추위가 정말 매서웠던 밤인데, 그놈이 아파트 야외주차장을 지나다가 무슨 소리가 들렸는지 주차돼 있던 차 밑을 보더니 다시 편의점에 가서 뭔가를 사서는 차 밑으로 던져주더라는 거예요. 그래서 편의점에 가서 방금 전에 그 사람이 뭘 샀느냐고 물어보니까 육포라는 거예요. 그래서 차 밑을 보니까 새끼와 함께 웅크리고 있던 고양이가 있었다더군요. 김 형은 이게 어떻게 된 상황 같아 보이나요?"

"글쎄요. 아마도 종종걸음으로 귀가하다가 무슨 소리가 나서 차 밑을 보니 새끼 고양이랑 어미가 웅크리고 있는 걸 본 게 아닐까요? 그래서 안쓰러운 마음에 편의점에 들러 육포를 산 것이고요. 아마 참치 캔 같은 건 뚜껑을 따자마자 바로 얼어버려 먹지 못할 거라고 생각해서 육포를 산 건지도 모르죠."

"그렇죠? 아마 그 친구도 그렇게 생각했을 거예요. 어쨌든 새끼와 함께 육포를 먹는 고양이를 보는 순간 친구는 오랜만에 마음이 편안해졌다고 하더라고요. 그렇게 가던 길을 되돌아 고양이를 거두는 마음을 가졌다면 여동생 건은 정말로 사고였겠구나, 하고 생각했는지도 모르지요. 설혹…… 그게 아니더라도, 그러니까 오래전엔 정말로 불순한 의도를 가지고 있었더라도 이제는 이걸로 된 거라 여기게 된 거겠죠. 친구가 그러더라고요. 그날 밤 문득 생각해보니 여동생의 사고가 정말로, 참으로 오래된 일이었다고요. 그러니 이제는 영영 놓아주어도 되겠구나 하고요."

강은 그렇게 말하고 어망을 뒤집어 밤새 잡은 고기를 풀어주었다. 강은 마지막으로 남은 세 뼘짜리 감성돔을 찬찬히 들여다보더니 그것마저 바다에 던졌다. 빗줄기가 잦아드는 검은 바다에 작고 하얀 포말이 생겼다가 스러졌다.

"이번에 함께 출사한 동호회 게시판에 누군가 이렇게 적어놓은 글이 있더라고요. '낚시꾼들은 자기가 낚은 것이 무엇인지,

혹은 놓쳐버린 것이 무엇인지 0.1초면 충분하다. 그러나 때로는 그게 무엇인지 알아채려고 인생의 절반을 흘려보내기도 한다. 어느 해 어떤 사고든 살아남은 인간이 받는 상처도 이와 같다. 그리고 아직도 그것의 의미를 찾기 위해 밤낚시를 떠나는 이들도 있다. 자기 자신을 생미끼로 던진다는 기분으로 말이다.' 혹시 김 형도 이 글 읽어보셨나요?"

"그러게요, 그런 글이 있었군요. 생각해보니 뭔가 생의 회한 같은 걸 낚거나 놓아주는 게 밤낚시더군요. 그렇지 않나요?"

곧 동이 트고 유어선이 각 포인트를 돌면서 오랜만에 밤낚시에 취한 낚시꾼들을 불러 모았다. 날이 궂을 거란 얘기는 들었지만 예상외로 세찬 비에 다들 꽤 고생한 모습이었다. 곧 올라오는 태풍 소식으로 인해 예정보다 빠르게 우리는 남해의 항구로 돌아오고 나는 강과 부두에서 헤어졌다. 강은 악수를 하며 이렇게 한마디했다.

"김 형, 언젠가 꼭 화성의 물고기를 낚으세요. 이왕이면 칠짜쯤 되는 놈으로요."

우리는 인생의 많은 것에 낚싯대를 드리운다. 때로 잡기도 하고 잡히기도 한다. 그리고 때로는 놓치기도 하고 놓아주기도 한다. 그러나 낚시가 끝나면 포인트에서의 희로애락은 그대로 세월의 물살에 흘려보내는 것이 좋다. 꾼의 경지에 오른 사람들은 바둑이나 다도 혹은 등산이나 하다못해 꽃꽂이에서도 인생을 배운다고 한다. 그렇다면 그런 교훈은 낚시에서도 가능할 테다.

이번 조행은 강이 낚은 감성돔으로 족하다. 비록 내가 잡지는 못했지만 은빛으로 번쩍이는 이 물고기는 언젠가 꿈의 전령으로 되살아날지도 모르겠다. 그리고 누구나의 마음속을 어슬렁거리며 돌아다닐 것이다. 각자가 간직하고 있는 사연들이 바다풀처럼 흔들리는 곳. 그곳은, 누구나 살아오면서 잡기도 하고 놓치기도 한 모든 것들이 모여 있는 곳이다.

선택

1

누군가 흔들어 깨우는 손길에 잠에서 깨었다. 두통 속에서 정신을 차려보니 택시 안이었다. "손님, 목적지에 도착했습니다. 많이 피곤하신가 봐요." 젊은 택시기사의 목소리도 들린다. 차에서는 정부의 금리 정책 변동에 따른 부동산 전망에 대한 뉴스가 나오고 있었다. 택시에서 내리면서 습관적으로 지갑을 꺼내 요금을 냈지만 내 몸 같지 않고 붕 뜨는 느낌과 함께 시야는 여전히 멍멍했다. 마치 실수로 물 위에 쏟아부은 기름처럼 반투명하고 악취가 나는 얇은 막들이 뇌세포 사이의 교차로를 막고 있는 듯싶었다. '정신 차리고 잘 봐, 여기가 너의 목적지야. 아까 택시를 탈 때 말했었잖아.' 한순간 이런 목소리가 머릿속 어딘가에서 울렸다. 음량이 과도한 이어폰에서 들려오는 것처럼 다시 누군가의 목소리. '머리가 아프면 커피를 한 잔 마셔. 마침 저 앞에 카페가 있네. 얼른 들어가. 그리고 아메리카노를 주문해.' 마치 누군가 코치해주는 것 같았다.

카페에서 아메리카노 하나를 들이켜고 나서야 편두통 같은 껄끄러움이 조금씩 사라졌다. 카페인이 들어가자 어제부터 심한 감기 기운이 있었고 오전에 병원을 들러 처방 받은 약이 독해서 머리가 멍멍한 거라는 기억이 떠올랐다. 두통의 이유를 파악하니 안심이 되었다. '그래 독한 감기약이 원인이었어. 하지만 커피를 마시니 괜찮아졌잖아.' 머릿속으로 또 목소리가 들렸다. 누구나 그런 때가 있지 않은가, 막 잠에서 깰 때처럼 내가 누군지 생각나지 않는 막막한 상태 말이다. 혹은 순간적으로 시선을 끄는 무언가에 집중할 때 내가 애당초 무엇을 하고 있었는지 잊어버리는 고요한 공황 상태처럼. 그런 생각을 하며 가방에서 서류를 꺼내보았다. 경매 관련 서류였다. 난 차가운 커피를 마시며 길 건너편의 허름한 주택가를 내다보았다. 그러자 두통이 가시며 내가 무엇을 해야 하는지에 대한 기억이 선명하게 돌아왔다.

P건설사 재개발사업부 사 년 차 근무. 곧 대리 진급을 앞두고 있으며 현재는 Y지역 재개발 부지 확보 담당. 이게 나의 소속과 업무이다. '업무'라는 생각을 하자 반사적으로 반짝이는 유리로 외관을 두른 날씬한 건물이 떠올랐다. '신입사원으로 처음 출근할 때 올려다본 회사 건물이었잖아.' 다시 목소리가 들린다. 그렇다. 강남에는 많은 회사가 있고 나 같은 업무를 하는 무수한 사람이 있을 것이다. 사고 부수고 팔고, 또 사고 부수고 팔고. 어쨌거나 현재 맡고 있는 Y지역 재개발 부지 확보 업무만 마무리되면 대리 진급은 순탄할 것이다.

난 목에 건 회사 신분증을 만지작거리며 커피를 마저 마시고 길 건너편 재개발 예정지로 향했다. 길 하나를 사이에 두고 이쪽 편 신축 아파트 단지와 외관이 극명하게 대조되는 산동네였다. 경매서류를 확인해보니 오늘 찾을 곳은 Y동 124-10번지 203호였다. 재개발 지역에서도 꽤 안쪽에 위치한 빌라였다.

길을 건너 재개발 지역의 골목으로 들어서자 이미 철거가 꽤 진행된 듯 공터만 남은 곳에 낯선 나무 한 그루만 서 있는 집도 있었다. 이름은 알 수 없지만 꽤 수령이 돼 보이는 나무다. 저렇게 오래 묵은 나무도 이제는 회사의 자산이니 옮길 수만 있다면 곧 파헤쳐 어딘가의 조경수로 쓰일 것이다. 곧 철거를 앞둔 집들 곳곳에 페인트로 이런저런 숫자들이 칠해져 있었다. 하청을 준 철거업체에서 작업 순서나 일정을 표시한 것이다. 석양에 비낀 붉은색 글자들을 보자, 무의식적으로 언젠가 전시회에서 봤던 전위예술가의 그래피티가 떠올랐다. 다홍색 햇볕에 비친 풍경은 이 세상의 것이 아닌 듯 아름다웠다.

'어? 그래피티? 내가 언제 이런 전시회에 간 적이 있었던가?' 순간 떠오르는 의구심에 잠깐 걸음을 멈췄다. '내가 미술에 관심을 가졌었나?' 잠시 막막하고도 이질적인 기분에 석양을 바라보고 있는데 다시 목소리가 들렸다. '지금 한가하게 그런 생각할 때야? 얼른 일 마무리하고 회사로 돌아가서 업무 보고 해야지. 아직도 정신을 못 차렸나 본데 아메리카노 한 모금 더 마시고 일에 집중하라고.' 떠오르는 목소리에 오른손을 보니 투명한 플라스틱 컵에 담긴 커피가 보였다. '어? 아까 카페에서 다 마시고 버린 것 같은데 아직도 들고 있네?' 어쨌거나 커피 한 모금을 더 마신 다음 휴대한 경매서류를 넘겨보았다.

Y지역 재개발을 앞두고 토지 수용 과정에서 몇몇 문제가 있었는데 124-10번지 203호의 경우는 소유주의 채무 문제로 붙여진 경매 때문이었다. 정해진 법률 절차는 거쳐야 했기 때문에 회사로서는 번거로운 일이었으나 며칠 전 낙찰 받는 것으로 법

적 절차는 완료되었다. 그리고 문제가 되었던 빌라의 세입자를 잘 구슬려 순조롭게 퇴거를 시키는 게 오늘 해야 할 업무였다.

빌라를 찾아 203호 초인종을 누르자 막 초등학생 정도 돼 보이는 여자애가 빼꼼 문을 열어주었다. 낯선 이의 방문에 멈칫하던 아이의 뒤로 젖먹이의 울음소리가 났다. 부모님은 계시냐고 묻자 방금 일을 마치고 들어온 듯한 할머니가 분유를 타다 말고 현관으로 나왔다. 이 할머니로 말하자면 근처 식당에서 허드렛일을 하고 있으며 이제 막 일을 끝내고 귀가한 참일 것이다. 경매 전에 담당자가 세입자 사전조사를 하면서 확인한 가족사항이었다. 아이의 부모는 없는 상태로 할머니만 아이 두 명을 돌보며 살고 있는 전형적인 결손가정이었다. 보증금이 있긴 하지만 법률에 무지해 전입신고를 하지 않은 상태로, 현재 금융권 채권보다 후순위인 상황.

낙찰 받은 빌라는 시세보다 다소 비싸게 구입한 것으로 경매의 일반적인 원칙으로 보자면 오히려 손해인 셈이다. 휴대한 서류에는 전문적인 꾼들이 알박기를 노리고 낙찰을 받을까봐 경매가액을 높게 정했다는 참고사항이 적혀 있었다. 사전에 담당자가 조사한 바에 의하면 빌라에는 문제될 만한 권리관계가 전혀 없었다. 모두 다섯 가구의 세입자가 있었지만 하나같이 확정

일자를 받아놓지 않거나 금융권 대출보다 후순위로 밀려 있었다. 아마도 집주인이 비협조적이었을 것이다. 통상적으로 집주인이 그렇게 하는 데에는 다 이유가 있다. 이 경우에도 집주인이 한도를 꽉 채운 대출을 받았고 당연히 저당권자인 은행에 후순위로 밀린 세입자들은 그냥 거리로 나앉아야 한다는 정도가 특이사항이었다. 물론 경매로 인한 청산금은 모두 선순위인 금융권에서 가져가고 이곳 세입자들은 한 푼도 챙기지 못할 터이다. 경매를 다니다 보면 이렇게 법에 무지한 사람들이 있었다. 세상이 어떻게 움직이는지 몰라 자신을 보호하지 못하는 사람들 말이다. 이 집이 그런 경우이다.

난 할머니에게 우리 회사에서 이 집을 낙찰 받았으며 앞으로 약간의 기한을 줄 테니 그때까지 집을 비워달라는 얘기를 전했다. 얘기가 끝나기 무섭게 할머니는 울먹이며 사정을 하기 시작했다.

'경매에서 가장 조심해야 할 것은 권리 분석이 아니고 바로 동정심입니다.' 할머니의 사정을 듣는 순간, 목소리가 들려왔다. 차가운 플라스틱 컵을 쥐자 누구에게 들은 말인지가 떠올랐다. 회사에 들어가 재개발사업부에 배치된 다음 경매 파트부터 업무를 배울 때 상급자가 처음 한 말이었다. '그러니 아주 약간의 희망을 던져주세요.' 그리고 너무 극단적으로 내몰면 피차 귀찮고 시간만 손해니 세입자들의 마음을 적절하게 컨트롤할 줄 알아야 한다는 교육 내용. 이 경우는 강한 압박 후에 얼마간의 이사비나 위로금. 그게 선임이 얘기한 약간의 희망이었다.

난 울먹이는 할머니를 외면하고 형식적인 양해를 구한 후에 집 안을 둘러보았다. 낡은 벽지에 군데군데 낙서가 돼 있고 짐도 간소한 것이 빈곤한 살림이라는 게 눈에 확연했다. 그사이 할머니는 거실 서랍에서 통장을 꺼내오더니 이게 전부라며 이것으로 입주금을 하면 안 되겠냐고 사정을 했다. 통장을 열어보자 현재 분양 시세에 꽤나 못 미치는 금액이 찍혀 있었다. 분위기가 심상치 않은 것을 알았는지 젖먹이 동생을 안고 있던 소녀도 울기 시작했다.

나는 다시 통장을 펼쳐보았다. 그리고 끝까지 버티는 세입자들을 처리하기 위해 회사에서 어쩔 수 없이 주는 임대주택을 생각했다. 그러나 임대주택의 입주권을 지급하는 것은 회사로서는 손해인 점은 분명하니 어디까지나 불가피한 경우로 한정되어야 한다.

어떻게 할까? 나는 잠시 고민에 잠겼다. 이런 경우 기한 내에 방을 빼는 조건으로 이사비 정도를 주는 것이 '약간의 희망'

이다. 그렇지만 울먹이는 소녀를 보자 나는 마음이 약해졌다. 난 여자애의 눈물에 어물거리며 말했다.

"할머니, 이 돈이면 많이 부족하지만 임대주택에 입주할 수 있도록 해드릴게요. 저 길 건너편에 개발이 끝난 아파트 단지 아시죠? 제가 그쪽으로 들어갈 수 있도록 해드릴 테니 고정하세요."

나는 할머니와 손녀를 달래며 일어서려는데 한순간 현기증이 몰려왔다. 아까 택시에서 내릴 때와 같은 두통이었다. 그리고 집 안 전체가 만화에 들어가는 배경컷처럼 회오리 모양으로 붕괴하더니 내게로 달려들었다. 그 순간 암전.

2

누군가 나를 흔들어 깨웠다. 눈을 뜨자 새하얀 옷깃이 보였다. 여전한 두통. 머릿속이 온통 굳어버린 시멘트로 가득하고 거기에 여러 가닥의 철근이라도 박혀 있는 듯싶었다. 잠시 후 감각이 조금씩 돌아오자 하얀 유니폼에 검사원 신분증을 목에 건 이가 말했다.

"이제 정신이 드시나요? 방금 검사가 끝났고 마취가 풀리려면 약간 더 참으셔야 합니다."

무의식적으로 머리를 만지자 여러 개의 선들이 만져졌다. 이마를 찡그리며 45도 정도 뒤로 젖혀진 의자에서 일어나보니 검사원이 머리에 부착한 장치를 떼어내며 서류를 내밀었다.

얼굴을 찡그리며 찬찬히 읽어보자 '본인은 상황부여형 심리검사(STPI)의 부작용에 대해 모든 설명을 들었으며 검사에 동의합니다'라는 검사동의서가 있었다.

"이건 이미 서명하셨고요, 다음 장 읽어보시고 서명해주세요."

서류를 넘겨보니 다음 장은 결과동의서였다. '본 검사 결과 신체와 정신에 이상이 없음을 확인합니다. 만약 검사로 인한 부작용이 발생한다면 관련 법률에 의거하여 규정된 기한 내에 보상 청구를 할 수 있음을 알려드립니다.' 기계적으로 서명란에 사인을 하자 검사원이 말했다.

"이것으로 수험번호 2045번 님의 적성검사가 완료되었습니다. 잠시 후에 검사에 따른 면접이 있으니 대기실에서 준비해주세요."

이게 뭐지? 나는 멍한 상태에서 검사실을 나와 안내문의 화살표를 따라 면접 대기실로 이동했다. 대기실로 향하는 로비에는 나처럼 반쯤 정신을 놓은 사람들이 양복을 빼입은 상태로 어기적거리며 걷고 있었다. 막 공장에서 조립된 피노키오 같다. 로비의 전광판에는 'S그룹 제3차 적성검사에 응시한 것을 환영합니다'라는 문구가 적혀 있었다. 면접 대기실에서 수험표에 부착된 내 사진을 보는 순간 두통이 옅어지면서 어찌 된 상황인지 기억이 돌아왔다.

내 이름과 출신 학교, 공인 외국어 점수 같은 증명서와 이미 제출한 자소서. 마치 카페에서 메뉴판을 펼친 것처럼 누군가 나에게 옛날 일기를 다큐멘터리로 찍어서 보여주는 듯싶었다.

P대학에서 경영학 전공, S그룹 공채 2차 합격자. 이게 내 진짜 스펙이었다. 취업 재수 끝에 이번에 S그룹 공채에 응시하였고 다행히 1차 서류전형과 2차 필기시험을 통과했다. 그리고 3차인 STPI. 뇌에 가상의 상황을 주입하여 회사에서 요구하는 직무능력을 평가하는 검사형 시험. 그리고 STPI에 이어 바로 면접이 진행되는데 이것만 통과하면 합격이라는 사전 설명이 생각났다.

대기실의 모니터로 검사 절차에 대한 안내 영상이 흘러나오고 있었다. 그걸 보자 검사 상황에서 내가 선택한 것이 어떤 평가를 받을지 슬슬 불안해졌다. 그러나 어쩔 수 없다. 자신이 시험을 받는 것도 모르는 상황이니 내 안에 깊숙이 잠재되어 있는 가치관대로 선택할 수밖에 없는 것이다. 물론 취업학원에서는 반복적인 시뮬레이션을 통해 기업체에서 요구하는 선택을 할 수 있다고 홍보하지만 막상 시험을 보니 그게 그리 쉬울까 하는 생각이 들었다.

그렇게 대기실에 앉아 있는데 아까 본 그래피티에 대한 생각이 났다. 석양에 반짝이던 그래피티. 마치 언젠가 본 듯한 이미지들. '에이, 면접 앞두고 무슨 생각이야. 그런 쓸데없는 생각 할 동안에 커피나 한 잔 마시면서 복장 점검이나 하자.' 바로 머릿속에 떠오르는 생각에 대기실 한쪽을 보자 자판기가 보였다. 난 대기실 자판기에서 커피 한 잔을 빼 마시며 긴장을 풀었다. 그리고 벽면 거울을 보며 옷매무새를 점검하고 있는데 대기실 한쪽에서 수험생 한 명이 손을 들어 아는 척을 했다. '학교 동기잖아. 이번에 같이 응시했다고.' 순간 떠오른 생각에 무안해져 급히 아는 척을 했다.

당황도 잠시 곧 내 수험번호와 이름이 호명되었다. 노크를 하고 면접실에 들어가니 대형 모니터 옆으로 정장 차림의 면접관들이 앉아 있었다. 입실하자 내가 진행한 적성검사 영상이 재생되었다.

"2045번 지원자는 인사 분야에 응시하셨죠?"

"네, 그렇습니다. 평소 조직 관리에 관심이 많아 재학 중에 관련 분야에서 인턴 업무를 경험했고 우수한 평가를 받은 바 있습니다."

이건 기본적인 예상 질문이었기에 난 허리를 쭉 펴며 말했다.

내 말에 면접관은 고개를 끄덕이며 테스트의 한 장면을 정지시켜놓고 물었다. 울먹이는 할머니와 손녀, 그리고 그들을 달래는 내 모습.

"그런데 여기서 왜 임대주택 입주권을 준 거죠? 악성 세입자도 아니고 회사로서는 손해일 텐데요. 이런 선택이 인사팀 담당자에게 필요한 덕목일까요?"

"그건…… 아무래도 길거리에 나앉게 된 상황에서 세입자가 갑자기 버틸 수도 있고, 그렇다면 재개발 일정에 차질을 빚을 가능성도 있고. 아, 그리고 인사 관리자도 조직 구성원을 배려하는 따뜻한 마음씨가 필요할 것도 같고……."

그렇게 얼버무리는데, 면접관은 서류전형에서 제출한 내 서류를 훑어보다가 피식 웃으며 말을 끊었다.

"인사팀에서 필요로 하는 것은 냉정한 시각입니다. 예를 들어 제한된 인원만 승진시켜야 하는데 따뜻한 마음씨를 발휘한다면 승진 못할 사람 없겠죠? 그리고 인사팀에서는 경우에 따라 구조조정과 같은 업무도 담당하게 되는데 회사 측의 냉철한 의지를 대변해야 할 담당자로서 평가대상자에 대한 성급한 동정심을 내보일 우려는 없을까요?"

그 외에도 면접관들과 몇 마디를 더 주고받았지만 면접은 이렇게 끝났다. 난 면접장을 나서면서 한숨을 쉬었다. 내 선택에 대한 반문으로 보아 아무래도 탈락한 것 같았다. 한숨을 쉬고 있자니 아까 잠깐 인사를 한 동기가 생각났다. 로비에 걸려 있는 S그룹 홍보물을 보며 잠시 기다리자 친구 역시 면접을 끝내고 나왔다. 밝은 얼굴이었다. 부러운 마음에 합격할 것 같냐고 물었다.

"응, 다행히."

"그럼 넌 세입자 할머니가 사정하는 거 냉정하게 뿌리친 거냐?"

"아니, 안쓰러워 보여서 임대주택에 살게 해드렸는데?"

"뭐야? 그럼 너랑 나랑 결국은 같은 선택이었는데 왜 넌 합격할 것 같다고 하냐?"

"난 고객관리팀에 응시했잖아. 면접관 말이 일반 시민들과 커뮤니케이션 할 일이 많은데 내 선택이 공감대 형성의 자질을 보여준 거라며 앞으로 근무 잘해보라고 하던데?"

"너 인사팀 응시한 거 아니었냐?"

"아니, 인사 분야는 경쟁률이 상당하다고 해서 막판에 고객 관리 쪽으로 돌렸지."

그 말을 듣는 순간 난 어이없어 로비에 걸려 있던 S그룹 홍보물의 오너 사진을 후려쳤다.

"이런 거지 같은 회사 같으니라고!"

그 순간 복도가 빙글빙글 돌면서 나를 덮쳤다. 그리고 또 암전.

3

누군가 나를 흔들어 깨웠다. 새하얀 옷깃과 함께 두통이 밀려왔다. 약 기운과 현기증이 가시자 검사원이 다시 말했다.

"정신이 드시나요? 이것으로 직무적성 평가 2045번 응시자님의 검사가 완료되었습니다. 만약 검사로 인한 부작용이 발생한다면 관련 규정에 따라 보상 청구를 할 수 있음을 알려드립니다."

무의식적으로 머리를 만지자 예의 여러 개의 선들이 만져졌다. 찡그리며 뒤로 젖혀진 의자에서 일어나보니 검사원이 머리에 붙은 뇌파 교류기를 떼어내며 결과동의서에 서명을 하라고 재촉했다. 동의서에 적힌 인적 사항과 검사 항목을 확인하자 이게 어떻게 된 상황인지 떠올랐다. '마치 오랜만에 통화한 동창 때문에 먼 옛날의 학창시절이 새록새록 떠오르는 것 같잖아. 이제 생각난다.'

S그룹 공채 출신이긴 하나 지금은 본사가 아닌 계열사 영업팀의 만년 과장. 이렇게 위태로운 직책이 나의 진정한 신분이다. 계열사라고는 하지만 본사와 비교해서 모든 게 한 레벨 낮은 대우. 그나마 공채 출신이어서 잘나가는 동기들과의 인간관계 때문에 지금껏 자리를 유지하고 있지만, 이번에 계열사가 합병되면서 어중간한 연차를 대상으로 한 구조조정 대상자로 내몰려 직무적성 평가를 받은 참이다.

지금까지의 업무 성적을 충분히 반영한다고는 해도 실제로 직무적성 평가에서는 애사심 테스트가 중요한 기준이 될 거라는 소문이 회사 내부에 떠돌았다. 요약하자면, 방금 난 입사 시험을 본 게 아니라, 입사 시험에서 어이없게 떨어진 상황을 인위적으로 주입받은 상태에서 평소 내면적으로 가지고 있던 회사에 대한 감정 상태, 즉 충성심을 테스트 받은 것이다. 회사에서는 테스트가 어디까지나 참고사항이라고 하지만 믿는 사람은 아무도 없다.

어쨌거나 적성검사를 무사히 통과하기 위해 애사심을 갖자고 수없이 마인드컨트롤을 했건만 결과가 이렇게 나오자 착잡한 마음이 들었다. 검사장을 나서서 사무실로 돌아와보니 나처럼 만년 과장인 동기가 담배를 물고 있다가 내 표정을 보자 위로를 한다. 사무실에서는 금연인데 이제 이판사판인가 보다.

"시뮬레이션 한답시고 용하다는 학원에 수업료깨나 갖다 바쳤는데 막상 검사 받아보니 아무 소용 없더라고."

나 역시 한숨을 쉬며 대꾸했다.

"그러게 말이야. 무의식에도 특효라는 최면 시술이라도 받았어야 했나? 어쨌거나 본사에서 작심을 했는지 이번에는 이중으로 함정을 파놨다고 하더라고. 가상 상황에서 깨어나 현실인 줄 알았더니 그것도 또 가상이라니……. 차라리 '그냥 사표를 내시오'라고 하지 이게 무슨 짓인지."

먼저 평가를 마치고 나온 동기가 시험 후에 들려온 이런저런 소문을 모아보니, 이번 평가는 빌라에서 어떤 대답을 하든 무조건 트집을 잡아 면접관은 불합격 판정을 하는 것으로 시뮬레이션 돼 있었다고 한다. 반면에 회사 측에 화를 낼 수 있도록 같은 선택을 했지만 합격하는 친구를 설정했고.

"어쩐지 친구라는 그 자식 전혀 모르는 놈 같더라니. 가상현실 속에서도 왠지 믿기지가 않았어."

빈 담뱃갑을 구겨서 휴지통에 던져넣으며 동기 과장이 한 말이다. 그에 의하면 로비에 오너의 사진이 실린 우리 그룹 홍보물을 걸어둔 것 또한 모든 응시자에게 공통된 상황이라고 한다.

마음 단단히 먹고 응시했으나 결국 결과는 이렇게 되었다. 꼴도 보기 싫은 부장에게 온갖 아첨을 하여 근무평점을 올려놓고 초등학교 동창의 사돈까지 샅샅이 찾아내 실적을 올려 영업 점수도 평균 이상으로 따놓았지만 절대적 기준으로 알려진 애사심 테스트에서 결국 미끄러지게 된 것이다.

아니, 그저 통과하지 못한 정도가 아니라 오너의 사진을 손바닥으로 내리치는 불손한 행동으로 어쩌면 계열사 합병이 완료될 때까지 기다릴 것도 없이 당장 내일이라도 권고사직당할 판이다.

"뭐 이번에 구제를 받았다 하더라도 다음에는 다른 이유로 목숨이 간당간당했을 테니 어차피 마찬가지인가?"

그러자 동기가 말을 받았다.

"집에는 뭐라고 하지? 어쩐지 손바닥으로 오너 얼굴 칠 때 기분이 껄끄럽긴 하더라. 왠지 누가 지켜보는 것 같기도 했고……."

어쨌거나 시험 후 너무 우울해서 업무에 손도 대지 못하고 있는데 별 거지 같은 소식도 들려왔다. 한 구조조정 대상자는 적성 시험에서 로비 복도에 걸린 오너의 사진을 향해 "저는 비록 S그룹 공채에 불합격했지만 회장님을 진심으로 존경합니다"라고 외치면서 90도로 인사까지 해 구조조정에서 구제받는 동시에 오히려 특진까지 할 거라는 소문이 회사 내에 퍼진 것이다.

결국 퇴사일은 다가오고 나는 쓸쓸히 짐을 싸야만 했다. 그나마 약간의 위로금이라도 받았으니 감사해야 하나. 그렇게 회사에서 나오는데 같은 처지의 퇴사자들이 눈시울을 붉히며 울분을 토했다. 차라리 영업실적이 모자라 내몰리는 거라면 모를까, 결국은 충성심으로 직원을 평가하는 시스템에 대한 불만일 것이다. 난 회사 문을 나서면서 이제는 소용이 없게 된 신분증과 명함을 쓰레기통에 버리는 퇴사자들을 보며 충분히 그 심정을 이해할 수 있었다.

그때 문득 고개를 들어 지는 해를 보자 이 모든 게 코미디 같기도 하고 현실이 아닌 것도 같았다. 잠에서 막 깰 때 현실을 근원에서부터 의심하는 것처럼. 그러니까 마치 고요한 공황 상태처럼…….

'고요한 공황 상태? 언제 내가 이런 생각을 해봤던 것도 같은데?'

그러자 갑자기 그래피티가 그려진 담벼락으로 석양이 아름다운 오렌지 빛깔로 비끼던 것이 생각났다. 더불어 동기가 자신 역시 오너의 사진을 손바닥으로 내려쳤다는 얘기도 떠올랐다. 해석하기 따라서 매우 자연스럽게도, 반대로 아주 부자연스럽게도 느껴지는 상황. 만약 이렇게 회사를 나서는 것도 주입된 상황이라면? 난 갑자기 떠오르는 그런 생각 때문에 쓰레기통에서 신분증을 꺼내 양복 소매에 쓱쓱 닦아 동기에게 다시 건네주었다.

"그래도 우리가 몸담았던 직장인데 이러진 말자. 신분증은 기념으로 간직하자고."

그런 나를 동기들은 어처구니없다는 듯 보았다. 하지만 난 동기들을 설득했다.

"비록 퇴직하지만 여태껏 우리가 청춘을 바친 회사잖아."

이렇게 말하는 나는 어쩌면 다시 현기증과 두통을 기대하는 것일까. 허황된 생각일지도 모르지만 난 앞으로 이 회사를 싫어하는 내색을 할 수 없을 것이다. 어떤 상황에서도, 그러니까 꿈에서조차도. 어느 상황이 시험의 순간인지 모르니 테스트는 영원할 것이다. 이 세상이 어떤 규칙에 의해 움직이는지 모르니 난 나의 생존을 위해서 영원히 속마음조차 감추고 살아야 한다.

4

〔서울=디지털코리아〕 지난해 S전자에서 야심차게 특허출원
한 상황주입형 심리검사(이하 STPI)의 부작용에 대한 우려가
의료계와 정치권 일각에서 제기되고 있다. 주지하다시피
STPI는 가상현실공학과 뇌생리학의 결합을 통해 체험자의
기억을 단기적으로 통제할 수 있는 기법으로 알려져 있다.

　익명을 요구한 정신과 전문의 A씨는 현재 S그룹 내에서
직원들에 대한 직무평가의 차원에서 활용되고 있는데 이는
편법적인 임상실험이며 관련 의료법 위반의 소지가 있다고
주장하였다. 의료시민단체에서 활동 중인 전문의 B씨 역시
S그룹 관계자 중 STPI와 관련된 것으로 의심되는 정신질환
진료 건수가 증가하고 있으며 이는 임상적으로 전문적 치료
가 필요한 수준이라고 지적하였다. 한편 야당의 초선인 C의
원 역시 국회의 대정부 질문에서 STPI를 심리검사 분야에
서 활용하는 것은 인간의 존엄성을 저해하는 행위이며 더군

다나 정부에서 이 기술을 확대해 가상현실 게임과 광고 등에 활용하는 법안을 입법 예고한 것은 국민의 기본권을 심각하게 침해하는 위헌 행위라고 주장하였다.

이에 대해 익명을 요구한 정부의 고위관계자 D씨는, STPI 검사는 기존의 두뇌 단백질을 억제하는 약물 의존형 기법에서 발전해 뇌파와 뉴런의 생체 신호를 직접적으로 조절하는 안전한 기법이라며 이 기술과 관련된 법률은 국회의 관련 상임위원회 입법 과정에서 법안의 취지가 충분히 토의될 것이라고 밝혔다.

한편, S전자에서는 STPI 검사는 최단시간에 최소한으로 이루어지고 이후 완벽하게 기억을 복원하는 안전성을 갖추고 있으며 향후 관련 산업계에 경제적 파급력 또한 상당한 만큼 사실에 근거하지 아니하고 부작용을 언급하는 개인 및 단체에게 적절한 법적 조치를 취할 것임을 밝혔다. 〔백민정 기자〕

5

※ 대외비. 개인정보보호에 관한 법률 및 의료법에 의거

관계업무(입법자료) 외 열람을 금합니다.

〔질문〕 귀하는 동의서에 서명할 때 검사에 따른 위험을 충
분히 설명 들으셨습니까?

〔답변〕 네. 동의서 뒷면에 있는 위험 요소를 읽어준 거라면
듣긴 했습니다. 그렇지만 이상이 없으니 그걸로 된
거 아닌가요?

〔질문〕 하지만 지난주 상담 결과를 보니 약간의 문제
가……. 그러니까 소위 말하는 STPI 증후군 증상이
확인되었습니다. 귀하는 어떻게 생각하시나요?

〔답변〕 제가요? 아니요. 전혀 이상이 없다고 생각합니다.

〔질문〕 그렇다면 왜 퇴사한 회사의 신분증을 간직하고 있
나요? 우리끼리 하는 말이지만 솔직히 구조조정이
라면 회사가 무척 원망스러울 만도 한데.

〔답변〕 모처럼 대답하고 싶어지는 질문을 주셨네요. 비록
제 능력이 모자라서 중도 퇴사하긴 했지만, 그래도
S그룹은 제가 청춘을 바친 회사입니다. 가끔 아쉬울
때도 있지만 회사에 대한 제 감정은 애정입니다. 음,

그러니까 첫사랑 같은 거죠. 이미 기억에 각인되어
절대로 버리지 못하는 운명 같은 거, 그런 거.

(생략)

[질문] 귀하는 아직도 지금의 현실이 일종의 상황주입형
심리검사의 일부라고 생각하십니까? 지금 이렇게
상담을 받는 상황을 포함해서요.

[답변] 아닙니다. 전혀 그렇게 생각하지 않습니다. 평가는
한 달 전 STPI 적성검사 결과서에 사인하는 순간 끝
났다고 생각합니다. 지금은 엄연한 현실이죠. 그렇
지 않나요?

[질문] 하지만 귀하의 부인께서 진술한 바에 의하면 귀하
는 지난 한 달간 S그룹 기사를 일일이 검색해서 약
590건의 댓글을 달았더군요. 기사 내용을 불문하고
모두 호의적인 내용으로요. 그리고 회사를 비난하는
댓글에는 집요하게 반박도 하시면서. 부인이 찾으신
것만 해도 이 정도인데 이런 행위에는 뭔가 의도가
있지 않나요?

[답변] 무슨 의도요?

[질문] 예를 들면 귀하는 지금의 실직 상태를 일종의 STPI

시험이라고 생각하는 거죠. 그런 의도는 아닐까요?

〔답변〕 선생님, 아까도 말씀드렸지만 그건 어디까지나 첫 사랑 같은 감정 때문이에요. 제 청춘이 오롯이 담겨 있는 회사라니까요. 선생님은 첫사랑한테 까였다고 해서 그걸 욕하고 잊어버리나요? 그런가요?

〔질문〕 아아, 그런 뜻은 아니고. 어쨌거나 회사를 첫사랑에 비유하는 것도 과도한 심리 상태일 수도 있죠. 새로운 일자리를 구하는 대신 퇴사한 회사에 수백 건의 우호 적인 댓글을 단다는 것은 충분히 우려스러운 거죠.

〔답변〕 음, 첫사랑에 대한 비유가 적절하지 않다면, 일종의 팬클럽 활동이라고 정정할게요. 선생님도 좋아하는 야구팀 있으시죠? 그냥 약간 진지한 팬클럽 활동으 로 봐주시면 고맙겠습니다.

(생략)

〔질문〕 자, 그럼 본격적인 질문을 해보죠. 선생님 왼팔에 생긴 상처, 칼에 베인 거죠? 어떻게 된 거죠?

〔답변〕 아, 이거. 실수예요, 실수.

〔질문〕 혹시 그 자해가 현실을 가상이라고 간주하는 연장 선상에서 진짜 현실로 돌아가고 싶다는 심리 기제

때문은 아닌가요?

〔답변〕정말 아니라니까요.

〔질문〕소위 STPI 증후군을 보이는 분들 사이에 자해가 간혹 관찰되기도 하거든요.

(답변자의 격한 항의로 십 분간 중단)

〔답변〕선생님, 이 상처는 제가 냈지만 솔직히 저랑 아무런 관계도 없는 걸 수도 있어요.

〔질문〕그게 무슨 얘기죠?

〔답변〕만약에 이 상황이 STPI 시험 상황이라고 가정하면요.

〔질문〕계속 말씀해보세요.

〔답변〕제가 실직한 것도, 그리고 현실이 의심스러워 자해한 것도, 그리고 와이프 등쌀이긴 하지만 이렇게 정신과에 내원한 것도 모두 바로 일 분 전에 주입된 기억일 수 있다는 거죠.

〔질문〕음, 그렇게 생각할 수도 있겠네요.

〔답변〕그러니까 자해는 했지만 제가 한 건 아니라고요.

(생략)

〔답변〕선생님이야말로 이 상황이 STPI 테스트라는 생각은 안 드나요?

〔질문〕 네?

〔답변〕 선생님은 막 레지던트를 수료하고 S병원 심리치료과 페이 닥터에 응모한 거죠. 그리고 저처럼 짜증나는 환자를 대할 때 어떻게 반응하는지를 병원 측에서 심사하는 거예요. 제 얘기를 논리적으로 반박할 수 있나요?

〔질문〕 저는 제가 생각한다는 것을 알고 있죠. 모든 걸 의심해도 의심하는 나 자신은 의심할 수 없는 거예요. 데카르트의 유명한 명언, '나는 생각한다. 고로 존재한다'라는 거죠. 일반적으로는 이렇게 대답합니다.

〔답변〕 하지만 선생님이 그렇게 생각했다고 믿는 것조차 누군가 주입한 기억이 아니라고 어떻게 확신하죠?

〔질문〕 흠, 어쨌거나 귀하는 이 현실이 가상이라고 가정하면서 말씀하시는 거죠?

〔답변〕 아니에요, 분명히 아닙니다. 저는 지금 이 순간이 현실이 맞다고 생각해요. 다만 지금까지 댓글을 쓰며 지내온 것은 막상 퇴직해보니 S그룹이 고마워서예요. 선생님이 말씀하신 데카르트 정도는 아니지만 우리 그룹에도 유명한 명언이 있죠. '한 번 S맨은 영

원한 S맨이다.' 이게 진짜 제 마음입니다.

(생략)

※ 특기사항 : 심리치료과 진료 내방이 종료된 얼마 후 의사의 계정으로 한 차례 메일이 옴. (내용 별첨) 환자는 메일 전송 후 이 주 만에 실족사로 사망. 자해 여부는 미상.

(이하 생략. 국회 상임위원회 제출 자료에서 발췌)

6

누군가 나를 흔들어 깨웠다. 눈을 뜨자 목이 늘어진 터틀넥에 코듀로이 재킷을 걸친 남자가 머그컵을 건넸다. 그리고 목소리가 따라왔다. '자, 네가 프로그래밍 속에서 남용하던 〈올웨이즈〉 커피라고.' 사나흘 샤워도 못했는지 머리가 떡이 지고 배가 나온 남자였다. 묵직한 두통 속에서 주위를 둘러보니 어지러운 컴퓨터 모니터 사이로 온갖 잡동사니 서류가 뒤섞인 책상들이 보였다.

터틀넥의 남자가 내 미간 앞에 볼펜을 세로로 세우고 자동차 와이퍼마냥 흔들면서 물었다.

"어때? 부작용이 심각하지?"

난 일단 커피부터 들이켜며 남자의 목에 걸린 선임연구원 신분증을 보았다. 남자의 이름을 확인하니 비로소 정신이 들었다. 난 컴퓨터를 켜고 프로그램 소스를 오픈했다. 뜨거운 커피를 마시니 두통이 사라지는 것 같다.

S전자의 뇌생리공학 사업부 오 년 차 선임연구원, 현재는 STPI 프로젝트 담당. 이게 나의 소속과 업무이다. '인공 뇌파를 활용한 해마 자극의 시계열적 분석'을 주제로 학위를 받았고 유수의 연구소에서 재직 중에 S전자에 선임연구원으로 특채된 것도 벌써 오 년이 되었다. 자랑 같긴 하지만 SCI급 저널에 수록된 논문만 벌써 다섯 편이다. 이를테면 인공 뇌파를 활용한 해마 제어 분야에서는 산업계 최고의 베테랑이다.

매해 상당한 액수의 연봉을 보장받고 스톡옵션까지 지급받았다. 그룹 차원에서 과거의 반도체와 전자제품을 잇는 주력 산업으로 역량을 집중하고 있으니 이 정도의 배려는 당연하다. 물론 내 경우에는 인간의 마음을 얼마나 깊은 곳까지 기술적으로 통제할 수 있는가에 대한 지적인 호기심이 스톡옵션에 대한 열망과 팽팽하게 균형추를 유지하고는 있지만 말이다.

어쨌거나 프로젝트도 임상실험을 지나 상용 단계인 'STPI-

C2 2.0' 버전에 이르렀지만, 프로젝트 초창기에 우려했던 대로 부작용도 속속 등장했다. 예상했던 부작용, 그리고 예상치 못했던 뜻밖의 부작용.

우선 애당초부터 예상했던 부작용은 인공 뇌파라는 한계 때문에 초래되는 정보 각인의 시차 같은 걸 들 수 있다. 예를 들어 'Stage#1'에서 택시를 내리면 바로 124-10번지로 가도록 상황이 설정되어 있는데 진행 동작이 미숙해질 때가 있다. 그땐 해결책으로 커피를 제시하여 긴장을 완화시켜주는 전지전능형 설명문 방식을 개입시킨다. 물론 사전에 설문을 통해 조사된 피실험자의 취향에 따라 커피 외에도 탄산음료나 담배 같은 기호품이 제시되기도 한다. 이걸 두고 터틀넥은 '올웨이즈 커피'라고 비아냥거리고 있다. 나는 이 목소리를 '데우스 엑스 마키나'라고 부르는 것을 선호하긴 하지만 말이다.

그리고 시차 외에도 갑자기 튀어나오는 기억 인자도 말썽꾸러기다. 예를 들면 과제 수행 중 갑자기 가상현실에 배경으로 설정된 오브제를 보며 감상에 젖는 것 같은 일탈 행위. 물론 이 역시 '데우스 엑스 마키나'를 강림시키는 코딩을 삽입하면 무난하게 제어할 수 있다. 수많은 임상 데이터를 가지고 있으니 각 상황별로 돌출되는 특이사항은 거의 모두 파악되었다.

그러나 기술적으로 해결하기 곤란한 상황도 있다. 즉 예상치 못한 부작용으로 피실험자가 자신의 시뮬레이션 진행 상황이 사실은 가상의 상황임을 알아채는 사례가 발견된 것이다. STPI를 실현할 때 불필요한 정보는 차단하도록 설계되어 있는데 뇌파로 조정하는 생리 신호 사이에 통제를 이탈하는 변수가 워낙 많기 때문에 발생하는 것으로 추정된다. 상용화 로드맵만 아니라면 가상현실을 깨닫는 피실험자의 통찰이 어떻게 가능한지 연구해보고 싶긴 하지만, 어쨌거나 당장은 테스트의 목적이 희석되어 윗분들은 싫어한다. 더구나 검사 후 더 심각한 부작용으로 확대되어 정신과에 내원하는 경우가 생기기도 하고.

사실 STPI에 회사 고위층이 최우선적으로 관심을 갖는 것은 적성검사를 통해 다양한 임상 데이터가 확보되기 때문이다. 마치 과거의 로르샤흐 테스트가 수많은 임상 데이터의 누적으로 권위가 생성된 것처럼 말이다. 그리고 누적된 데이터는 곧바로 교육이나 게임, 광고 분야에 적용할 수 있다. 이를테면 STPI가 광고에 활용된다면 PPL 기법은 전혀 새로운 차원으로 진화할 것이니 21세기판 황금광이다.

어쨌든 검사 후 현실로 돌아와서도 그것을 가상의 테스트 상황으로 인식하여 심리치료를 받는 케이스가 빈번하게 발생되고 있으니, 부작용에 대한 의구심을 해결해야 한다. 가상현실을 깨트리는 실존에 대한 자각. 즉 자아와 세계의 이격 현상. 이런 부작용에 대해 윗분들의 해결 재촉이 이만저만 아니다. 벌써부터 언론이나 정치권에서 문제 제기를 시작하고 있다. 하지만 STPI 소스를 오픈해서 수만 줄에 이르는 코딩의 명령어와 링크된 객체를 아무리 검색해도 프로그램상의 오류는 아직까지 발견되지 않았다. 지난 세기말 원시적인 VR 시스템에서 오늘날 뇌생리공학에 이르기까지 기억 통제에 대한 기법이 고도로 발전되어왔지만 아직도 해결하지 못하는 난감한 오류는 대부분 철학의 인식론이나 존재론 혹은 윤리학적 주제들과 연관되어 있다.

하여 문제의 심각성을 확인하기 위해 방금 전까지 'Stage#3'에 담긴 만년 과장의 케이스를 리플레이한 참이다. 화면 속에서 삼십 대의 과장은 버린 신분증을 주워 옷소매에 닦는 것을 반복하고 있었다. 그리고 옆 모니터에서 주르륵 올라가는 소스 코드들. 만년 과장이 자기 자신을 규정하게 만들었던 코드들.

난 터틀넥에게 말했다.

"아무래도 A급 에러 같아. 수험자가 현실을 지속적으로 의심한다고 가정하고 프로그램을 전반적으로 보완하는 게 맞는 거 같아."

"그거야 당연한 소리고. 문제의 핵심은 어떻게 현실과 가상

현실을 논리적으로 구분할 수 있느냐겠지. 프로그램에서 자신이 체험하는 현실이 사실은 가상이라고 직관하는 것도 우리 입장에서는 일종의 버그잖아. 그러니 소스의 오류를 수정하는 디버깅을 위해서는 일단 현실이란 무엇인지에 대한 개념부터 정의해야 할 거야."

"그러게. 그런데 이 케이스에 딸려온 서류도 있지 않았어?"

"여기. 이거 국회에 제출된 자료를 몰래 받아온 거니까 보고 바로 폐기해야 해. 괜한 절약정신 발휘해서 뒷면에 사다리타기 게임 같은 거 그려넣지 말고."

나는 터틀넥의 말을 한 귀로 흘리면서 건네받은 서류를 넘겼다. 해당 수험자가 치료 중에 받은 처방전이나 전문의와의 질의응답 사본 같은 게 복사되어 있었다. 질의응답 뒷부분에 눈길을 끄는 내용이 실려 있었다.

선생님, 잘 지내시는지요?

사정상 비록 진료는 끝냈지만 저는 선생님과 상담했던 얘기들이 자주 떠오릅니다. 선생님 덕분에 저에게 회사가 얼마나 심리적으로 큰 자리를 차지하고 있었는지를 새삼 깨달았습니다.

그건 그렇고, 오늘 이렇게 선생님께 편지를 쓰는 것은 어쩌면 제가 정말로 정신이 나갔다는 생각이 들어서입니다. 사실 딱히 누구에게도 말할 수 없지만 선생님께는 가능하잖아요.

선생님께서도 알고 계신 대로 어제도 도서관에 가서 습관적으로 S그룹 기사를 찾아보았습니다. 이제 그러지 말아야지 하면서도 이게 시험의 일종이면 어떡하냐는 마음 한 켠의 소리가 들리니 저로서도 어쩔 수 없더군요. 벌써 퇴사한 지 석 달이 지났으니 이 상황이 시험이라 생각하는 건 말도 안 된다고 생각하면서도, '사실은 방금 도서관에 들어온 순간이 시험의 시작이고 지난 석 달간, 아니 그전부터 내게 있었던 일이라고 생각한 모든 것은 그 시점에서 주입된 기억이라면 어떡하지?' 하는 의구심이 생기는 것이지요. 사실, 지금도 두통이 있거든요. 선생님은 퇴사로 인한 스트레스 때문에 생긴 신경성 두통이라고 하셨지만 생각하기에 따라서 이게 참 묘하게 해석되더군요.

하여간 인터넷으로 신문기사를 읽다가 안 되겠다 싶어 서고에서 오래 묵은 책들을 훑어보는데 어떤 시집에서 무서운 글귀를 보았습니다. 뭐라고 정확히 설명하진 못하겠지만, STPI 검사에서 잠깐 느꼈던 공황 상태, 그러니까 더 구

체적으로 표현하자면 '고요한 공황 상태'라고나 할까요. 그
걸 느끼는 순간 지금의 이 현실은 진짜가 아니구나, 이것이
STPI인지 혹은 다른 종류의 시험인지는 모르겠지만 세상의
진짜 모습은 다른 곳에 있을 수 있구나 하는 사실을 번뜩 깨
달았습니다.

지금의 이 현실과 실직한 저의 처지 때문에 아무래도 제
가 미쳐가나 봅니다. 하지만 그래도 아쉬움은 없습니다. 인
생에는 그것 말고 뭔가 더, 그러니까 마음을 바다라고 한다
면 빛이 들지 않는 심해의 가장 밑바닥에 가라앉아 있는, 뭔
가 더 근원적인 것이 있지 않을까 생각해봅니다.

아래는 제가 미쳐가고 있다는 사실을 깨닫게 만들어준
시의 한 구절입니다.

그렇다. 바다는
모든 여자의 자궁(子宮) 속에서 회전한다.
밤새도록 맨발로 달려가는
그 소리의 무서움을 들었느냐. •

• 강은교, 〈자전(自轉)2〉,《풀잎》, 민음사, 1974.

P.S. 드디어 신분증을 버렸습니다. (이게 정말로 STPI 시험이라면, 검사 후에 과감하게 회사 따위는 그만두면 되겠지 하고 마음을 먹자 모든 게 편안해지더군요.)

난 이 내용을 두 번 되풀이해 읽었다. 물론 다시 읽을 때는 아주 천천히. 이 메일을 가지고 세계나 존재, 그리고 현실이나 가상 같은 개념들을 이진법의 프로그래밍 언어로 정의할 수 있도록, 인공적 뇌파로 변조하여 다시 뇌의 변연계나 편도체로 쏘아 보낼 수 있도록 말이다.

그러자 '데우스 엑스 마키나'의 목소리가 들리는 것도 같았다. 난 바닷속, 어떤 생의 맨 밑바닥에서부터 맨발로 달려오는 그 소리를 듣기 위해 프로그래밍으로 인해 피곤해진 눈을 감았다.

7

예의 현기증 속에 눈을 떠보니 높은 천장이 보였다. 그리고 기하학적으로 점점이 박힌 밝은 등. 의료진의 부축을 받아 자리에서 일어나보니 뒤로는 법복을 입고 나란히 앉은 세 명의 판사가 보였다. 법정이었다. 한쪽 편에는 배심원단, 그리고 양 진영의 변호사들, 재판정 앞쪽으로 빽빽하게 들어선 방청객들.

안내해주는 대로 좌석에 앉았지만 몽롱한 어지러움이 여전했다. 그래도 앞에 놓인 생수를 마시니 정신이 나는 듯싶다. 사전에 얘기된 대로 STPI 증후군에 대한 소송을 제기한 우리 쪽 변호사의 질문이 시작됐다.

"직접 테스트에 응해주신 증인께 감사드립니다. 그럼 질문을 시작하겠습니다. 먼저 증인의 성명과 직업을 말씀해주십시오."

"이름은 백민정, 현재 《디지털코리아》의 경제부 기자로 재직 중입니다."

"증인은 현재 쟁점이 되고 있는 STPI에 대해 취재 경험도 있어 이 문제에 대해 잘 알고 계실 텐데, 굳이 이 검사의 부작용을 체험하고자 한 의도는 무엇입니까?"

"재판장님, 이의 있습니다. 변호사는 부작용이라는 어휘를 사용하여 배심원단에게 편견을 조장하고 있습니다."

곧바로 상대측인 S그룹 변호인단의 항의가 들어왔다. 국내 최고로 꼽히는 로펌의 변호사들이었다.

"인정합니다. 용어 선택에 주의하세요."

재판장의 말에 우리 쪽 변호사는 곧바로 발언을 정정했으나 이미 배심원단의 귀에는 부작용이란 단어가 각인됐을 테다. 질의응답의 와중에도 재판정 한쪽의 대형 모니터에서는 방금 전 검사 내용이 재생되고 있었다.

재판정에서 삼십 분이나 걸리는 STPI를 실험하자는 아이디어는 우리 쪽 시민단체에서 먼저 나왔다. 물론 요청이 있었다고는 하나 재판정에서 검사를 실시한 이유는 증인의 입장에서 후속 기사를 더 내보낼 수 있기 때문이었다.

"증인은 검사 결과 소위 STPI 증후군, 즉 정체성의 혼란이 가능하다고 인식하셨습니까?"

변호사의 질문에 상대 쪽에서 'STPI 증후군'이란 말은 공식적인 의학 용어가 아니라고 항의했지만 이번에는 기각되었다.

"각 상황마다 충분히 현실감이 있었습니다. 특히 마지막 상황에서 신분증을 다시 주워야 하는지 아니면 그냥 버려둬야 하는지 선택을 망설일 때 페르소나의 감정에 상당히 동화되는 기분이 들었습니다."

나를 증인으로 채택한 변호사와의 문답은 그렇게 진행되었다.

"증인은 여성으로서, 검사에서는 일부러 성별을 남성으로 선택했는데 특별히 위화감은 없었습니까?"

"이질감을 거의 느끼지 못했습니다. 마치 꿈속에서 하늘을 날거나 높은 곳에서 뛰어내릴 때 중력의 법칙을 의식하지 못하는 것과 같다고나 할까요. 그래서인지 검사 상황에서 특별히 성별에 대한 문제의식은 느끼지 못했습니다."

"존경하는 재판장님 그리고 배심원 여러분. 증인의 이러한 검사 소감은 STPI가 두뇌의 해마와 편도체에 얼마나 현실적으로 중대한 작용을 하는지 보여주고 있습니다. 두뇌는 인체 중에서도 매우 민감한 신경으로 구성되어 있습니다. 이렇게 민감한 기관에 임상적으로 충분히 검증되지 못한 기술을 적용하는 것은 본 재판에서 다루고자 하는 소위 STPI 증후군과 충분히 인과관계를 맺고 있다고 할 수 있습니다. 이에 관련 내용을 담은 의료 시민단체의 평가보고서를 참고자료로 제출합니다."

재판장이 참고자료를 인정하는 것으로 우리 쪽 질문이 끝나자 S그룹 쪽 변호사의 상반되는 질의가 시작되었다.

"증인은 본 법정에서 STPI 검사를 받은 것이 최초이지요?"

"네, 그렇습니다."

"검사 상황에서 디자인된 인물과 완벽한 동화감을 가진 것은 프로그램의 우수성을 증명하는 것이지, 그 자체가 부작용을 의미하는 것은 아니겠지요?"

"물론 그렇습니다만."

말을 더 덧붙이려는데 변호사가 이어지는 질문으로 끊어버린다.

"증인만 하더라도 정체성의 혼란 같은 건 느껴지지 않지요? 어떤가요? 지금 증인의 성 정체성이 남성으로 느껴지나요?"

상대측 변호사의 질문은 그렇게 계속 이어졌다. 변호사가 아까 검사 상황 중 자신들 쪽에 유리하다고 생각되는 부분을 다시 재생하는 동안 난 잠시 눈을 감고 쉬었다. 사전에 들은 대로 검사 후에 두통을 동반한 현기증이 발생한다는 것은 사실인 것 같다. 두뇌의 해마와 편도체를 마취시킨 상태에서 프로그래밍 된 인공 뇌파를 투사하는 탓이라고 한다.

내가 STPI 프로그램에 관심을 갖고 시민단체의 도움을 받아 첫 기사를 쓴 것도 벌써 일 년이 되었다. 2030년대도 후반기에 들어선 지금, 뇌생리학과 전자공학 그리고 컴퓨터공학이 유기적으로 결합되면서 기억을 제어하는 다양한 가상현실 시스템이 상용화됐다. 하긴 제논 기체를 활성화하여 두려움이나 공포심의 형성과 재현을 담당하는 NMDA 단백질을 제거하는 실험이 성공한 것도 금세기 초반의 일이다. 그리고 이제 제논 기체를 활용하여 트라우마를 없애는 심리치료 정도는 치통을 치료받는 것만큼이나 이미 익숙해진 현실이 된 지 오래였다.

내가 STPI에 대해 처음 듣게 된 것은 P 때문이었다. S그룹 계열사에 근무 중이던 P는 남자친구였다. 어느 날 멀쩡하게 잘 다니던 대기업을 그만뒀는데 명색이 여자친구인 나는 한 달이나 지나서야 그 사실을 알게 되었다. 이 황당한 일의 단초를 추적해 보자 예의 STPI가 등장했다. 남자친구의 말에 의하면, 검사 직후는 아니고 꽤 이후에야 현실에 대한 정체성 혼란이 느껴졌다고 한다. 아주 아름다운 것을 보거나, 혹은 반대로 아주 무서운 것을 보면 현기증이나 두통이 찾아오기 시작했고, 그런 상황에서는 우리 현실이 가상으로 의심된다고 했다.

"어려서 내가 통영에 살았잖아. 부모님이 돌아가시고 난 후 내려갈 일 없었는데, 얼마 전 그쪽으로 갈 일이 있어서 오래간만에 들렀어. 자주 놀러 가던 동백 숲이 보고 싶었지. 하지만 꽃이 무리 지어 있던 해안은 흔적도 없이 사라지고 그 자리에 50층은 돼 보이는 호텔이 서 있더라고. 너, 한적한 바닷가에 솟아 있던 그 건축물이 얼마나 비현실감을 주었는지 짐작이 가니?"

그리고 남자친구는 20톤짜리 거대한 덤프트럭들이 줄 지어 들어와 동그란 돌들을 호텔 앞 바닷가에 쏟아붓는 것을 봤다고 한다. 기계로 깎은, 통영의 명물인 몽돌을 흉내 낸 돌들. 호텔 측에서 조경을 위해 해안가에 뿌린 인공물들.

"그날 저녁 호텔 앞에서 어떤 가족이 산책하는 걸 봤어. 조그만 여자애가 돌멩이를 주워 엄마한테 이 돌은 왜 이렇게 동그랗냐고 묻더라고. 그때 갑자기 회사에서 단체로 시행한 STPI 검사가 생각났어."

그렇게 갑자기 철학자가 된 남자친구는 뒤늦게 퇴직 사실을 추궁하는 나에게 돌멩이 하나를 쥐여주었다. 테니스공 크기, 손 안에 묵직한 무게감이 느껴지는 몽돌이었다.

"이 돌은 진짜일까, 아닐까?"

남자친구는 이렇게 말하고 단 일 년 만이라도 휴식 기간을 달라며 남미로 보사노바 음악을 배우러 떠났다.

그 후 난 STPI에 관심을 갖고 취재를 시작했다. 언론사라고는 하지만 대안언론에 가까운 만큼 다른 거대 언론사처럼 대기업의 눈치를 볼 일은 별로 없었다. 그리고 부작용을 보이는 환자들과 이들은 돕는 의료 시민단체 측에서 STPI 증후군의 인정을 요구하는 민사소송을 제기하고 그 결과 오늘과 같은 재판이 열리게 되었다. 물론 내가 속한 곳은 명색이 언론사이기 때문에 소송전에선 비켜났지만 개인적으로 STPI는 꼭 체험하고 싶었다. 그런 생각을 하는 사이에 어느덧 질문은 막바지에 이르렀다.

"증인은 P씨를 알고 있나요? 방금 증거로도 제출된 시민단체

측 보고서에 소위 STPI 증후군의 사례로도 소개돼 있는데 말이
죠."

그럼 그렇지, 왜 안 물어보나 싶었다. 난 상대측 변호사를 똑
바로 쳐다보며 말했다.

"알고 있습니다. 제 남자친구입니다. 아니, 이제는 전 남자친
구라고 해야 하나요?"

"인정하신다니 다시 묻겠습니다. 혹시 귀하가 지금까지 증언
한 취지에 남자친구와의 문제로 야기된 편견이 개입되어 있진
않습니까? 어떻습니까?"

"남자친구의 증상이 취재의 동기가 됐다는 사실은 분명히 인
정합니다. 하지만 가족 중의 누군가가 암에 걸린 듯한 증상을 보
인다면, 일단 암을 가정하고 세부적인 검사를 하는 것과 사적인
감정 개입을 이유로 들어 증상을 일일이 부정하고 결국은 그것
을 실재하지 않는 가상의 질병으로 간주해 무시하는 것 중에 어
느 게 더 합리적일까요? 변호사님도 가장 단순한 게 진실이라는
오컴의 면도날 이론은 아실 테죠?"

물론 자세히 뜯어보면 내 답변의 논리가 약간 부실하긴 하지
만 이 재판에서 카르납이나 퍼스 혹은 요 근래 각광받고 있는 휘
스먼 같은 논리학자를 들먹일 것도 아니고, 이 정도면 배심원단

에게 충분한 답변이 되었을 것이다. 어차피 이 재판은 STPI뿐만 아니라 기업의 이익을 위해 기억을 조작하는 모든 종류의 검사법에 대한 사회적 관심을 환기하는 데 목표가 있으니 말이다.

이후로도 두어 번의 질문이 더 있었으나 남자친구와의 관계를 부각시켜 증언의 내용을 편견으로 몰아가려는 상대측 변호사의 시도는 모두 예상 범위 내에 있었다. 그러자 다른 방향에서 공격이 들어왔다.

"증인은 대학에서 심리학을 전공했으니 혹시 로르샤흐 검사법을 아시나요?"

"대략적인 내용은 알고 있습니다."

"전문적인 내용이므로 존경하는 재판장님과 배심원 여러분을 위해 간략히 요약하자면, 이 검사법은 모두 열 개의 추상적 무늬를 보여주고 반응을 얻어내는 방식으로 진행하며, 이미 백년 넘게 사용되고 있습니다."

변호사의 설명과 동시에 재판정의 대형 모니터에 검정 잉크얼룩의 데칼코마니 그림이 등장했다. 로르샤흐 검사지였다. 상대측에서 뭔가 야심 차게 준비한 게 있을 거라고 생각했는데 지난 세기에 개발된 로르샤흐나 TAT 혹은 MMPI 같은 심리검사법의 안정성에 STPI 검사법의 이미지를 덧씌우려는 전략 같다.

심지어 변호사는 지난 세기 70년대에 최초로 컴퓨터를 동원한 레이븐 매트릭스 검사법까지 거론하며 이들 심리검사법이 정신의학을 비롯한 과학 일반에 얼마나 기여했는지 열변을 토했다. 난 피식 웃었다. 아무리 그래 봤자 배심원단의 피로만 초래할 뿐이다.

난 지루한 듯 입을 가리고 하품을 하는 배심원단을 보면서 사무실 책상에 올려둔 몽돌을 생각했다. 신기하게 돌은 아주 차가운 얼음덩이 같을 때가 있었다. 그래서 지난여름에는 가끔 돌을 뺨에 대면서 기사를 쓰기도 했다. 물론 브라질로 떠난 남자친구는 돌이 진짜인지 가짜인지 끝내 말하지 않았지만 말이다.

하지만 그 호텔 앞 바닷가에 인공적으로 꾸며진 돌들도 낮과 밤을 바꿔가며 파도에 이리저리 더 깎이다 보면 정말로 동글동글한 몽돌이 될 거라는 생각이 들었다. 돌을 생각하자 갑자기 내가 이렇게 재판정에 증인으로 앉아 학창시절에나 들어볼 법한 심리검사법의 역사에 대한 강의를 듣고 있는 이 상황이 비현실적으로 느껴졌다.

그러자 이런 의문이 들었다. 난 아까 STPI의 시뮬레이션을 수행하는 과정에서 내가 대리 진급을 앞둔 사 년 차 대리라는 것을, 다음에는 S그룹 공채 3차 시험에 응시한 취업준비생이라는 것을, 그리고 그다음에는 구조조정을 당한 만년 과장이라는 사실에 의문을 갖지 않았다.

남자친구는 검사의 상황에서 뭔가 삶을 자극하는 이질적인 것을 보았다고 했다. 그러나 나의 경우에, 검사 상황에서 돌출된 그런 요소는 별달리 없었다. 어떤 STPI 증후군 환자들이 뭔가 근원을 자극하는 아름다운 것, 몹시도 동공을 아리게 만드는 것, 혹은 아주 무서운 것이라고 평가보고서에 기술한 그 무엇 말이다.

'그런데 그게 가끔은 얼음처럼 몹시 차가워지는 몽돌이라면?' 그런 생각을 하자 갑자기 미친 듯이 잠이 쏟아졌다.

8

마지막 컷에 '미친 듯이 잠이 쏟아졌다'란 문장을 고딕체 지문으로 넣는 것으로 일단 이번 회차 웹툰의 연재분을 마무리했다. 마감을 코앞에 두고 밤을 새워 작업한 탓에 그 문장이 자연스럽게 튀어나왔다. 분위기상 뭔가 한 단락쯤 더 쓸 말이 있을 것도 같았지만 그건 이어지는 연재분에 쓸 기회가 있을 것이다.

일러스트 프로그램을 다시 돌려 작품에 오탈자와 채색에 오류는 없는지 확인해 포털 사이트의 연재 담당자에게 원고 파일을 전송하니 벌써 오전 열한 시가 넘었다. 피로로 인한 멍멍한 느낌에 한숨 푹 잤으면 좋겠다고 생각했지만 서울에서 내려오기로 한 영화사 최 피디와의 점심 약속이 있었기에 대충 세수만 하고 작업실을 나섰다.

새로 장만한 MTB를 타고 강가의 농로를 달리며 강바람을 맞으니 좀 정신이 나는 것 같았다. 약속 장소인 추어탕집에 도착하자 최 피디가 식당 마당에서 담배를 피우다가 인사를 한다.

"한가하게 자전거를 타고 오는 모습을 보니 신선이 따로 없네요."

"부러우시면 최 피디님도 내려오세요. 서울에서 원룸 얻을 돈이면 강이 내려다보이고 텃밭까지 있는 집이 기다립니다."

"제가 작가님처럼 인터넷 연결된 아이맥 한 대만 있으면 되는 직업이면 바로 작가님 작업실에 빈대 붙죠. 그치만 영화 쪽 피디라는 게 여기저기 돌아다닐 데가 많아서 이런 남한강은 어림도 없죠."

그러면서 오늘만 해도 오전에 강남에 있는 투자사를 들렀다 내려왔는데 여전히 시나리오에 까탈스럽다며 엄살을 부렸다.

"참, 투자사 실장님이 작가님 웹툰 연재 잘 보고 있다며 시나리오 각색도 잘 부탁드린다고 전해달랍니다. 여기 몇 가지 요청 사항도 정리해왔습니다."

"저야 연재 중인 웹툰의 영화화 판권을 넘기기로 했으니 각색은 영화사 쪽 시나리오 전문가가 알아서 하면 되는 거 아닌가요? 요청 사항이 뭐길래요?"

"물론 각색은 담당이 따로 있죠. 하지만 아무래도 지금 연재 중인 작품은 애당초 영화화를 염두에 두지 않았으니 불가피하게 내용 수정이 필요한데 작품 의도야 작가님이 제일 잘 아시니 도움을 요청하는 거죠. 그리고 앞으로의 연재분부터는 자기들 의견을 반영해줬으면 한답니다. 그것도 서류에 적어왔습니다."

그러면서 회의 자료 복사본을 건네주었다. 전부터 업무상 관계가 있던 최 피디의 영화사에서 현재 연재 중인 웹툰의 영화화 판권을 사겠다고 해서 알겠다고 허락한 참인데 돈을 대는 투자사 쪽에서 이것저것 간섭이 많은 모양이다.

"오늘도 투자사에서 부른 CG 전문가와 미팅을 하고 왔는데 우선 연재분 전반에 그래픽으로 처리해야 하는 부분을 명확히 구성해달라고 합니다."

최 피디가 가져온 회의 자료에는 CG팀의 요청 사항과 그에 따른 각각의 대안이 적혀 있었다. 최 피디의 부연 설명이 계속되었다.

"예를 들면 머릿속에서 울리는 목소리 같은 부분 말이죠. CG팀에서는 이런 컷을 내레이션으로 할지, 아니면 그래픽으로 할지 작가님께서 선택해달랍니다. 만약 CG로 처리한다면 '한순간 이런 목소리가 머릿속 어딘가에서 울렸다. 음량이 과도한 이어폰에서 들려오는 것처럼 다시 누군가의 목소리' 같은 컷은 상상 속의 책을 펼치는 이미지를 생성해 거기에 적힌 지시문을 읽어주는 방식으로 교체해야 한다는 거죠."

최 피디의 설명은 모두 납득이 갔다. 텍스트를 기반으로 한 작품에서는 '나는 그녀를 사랑했다' 같은 추상적 진술이 허용되는 반면, 영상에서 이 문장은 '내가 그녀에게 꽃을 선물하는 장면' 혹은 '수업시간에 몰래 그녀를 훔쳐보는 장면' 등으로 시각화해야 한다. 그리고 텍스트와 영상이 어우러진 웹툰은 두 분야의 딱 중간 단계라고 할 수 있다. 최 피디와 그런 얘기를 하면서 CG팀의 요청 사항에 대해 대략적으로 의논을 마쳤을 때 주문한 추어탕이 나왔다.

통통한 가을 미꾸라지가 통으로 들어간 추어탕은 꽤 좋았다. 서울에서 손님이 올 때마다 괜히 이곳을 약속 장소로 잡는 게 아니다. 우리는 한 그릇씩 깨끗이 비운 다음 아메리카노를 주문하고 강이 내려다보이는 마당으로 자리를 옮겼다. 어느덧 무더위도 한풀 꺾였고 강에 면한 산기슭의 나무들에 붉은 열매들이 가득했다. 최 피디가 커피를 가져온 주인에게 물으니 가막살나무라고 한다.

"열매가 비슷해서 물앵두나 덜꿩나무와 헷갈리기 쉬운데요, 저건 까마귀가 먹는 쌀이라고 해서 가막살이라고 합니다. 이런 시골에서도 저렇게 무더기로 자라는 곳은 거의 없죠. 겨울에 눈이 쌓여도 열매만 빨갛게 남아 있으니 새들에겐 좋은 일이죠."

주인의 설명을 들으며 최 피디는 직업 정신을 못 버리는지 디카를 꺼내 사진을 찍는다. 영화사 피디라는 게 참 하는 일이 다양하고 알아둬야 할 것도 많아서 이렇게 여기저기 다니면서 로케이션에 쓰일 만한 장소를 보면 습관적으로 사진을 찍어둔다고 한다.

"사장님, 나중에 영화 찍게 되면 여기 마당 써도 되죠? 이 집 추어탕 정말 좋은데 홍보도 빵빵하게 해드릴게요."

최 피디의 말에 주인이 핀잔을 했다.

"거, 서울 사람인 것 같은데 아직도 소문 못 들었나. 얼마 전에 대통령이 전국에 있는 강이란 강은 모두 파헤쳐 운한가 뭔가 만든다고 하던데. 며칠 전에 군청 직원들이 식사하면서 하는 얘기 들으니 이쪽은 강 양편을 모두 밀어버리고 무슨 공원이랑 선착장을 만든다고 하더라고. 그러니 영화 찍으려면 얼른 서둘러. 내년부터 공사 들어가 가막살나무들 모두 밀어버리기 전에."

그러면서 주인은 멀쩡한 강을 파헤쳐봤자 괜히 땅주인들 허파에 바람이나 들어가지 아무도 좋아하는 사람 없다며 혀를 찼다.

주인의 말에 최 피디가 고개를 갸우뚱한다.

"올봄에 미국에서 소고기 수입한다고 촛불시위다 뭐다 그 난리를 쳤는데 설마 또 그렇게 일방적으로 밀어붙이겠어요?"

"그렇겠지? 그냥 해보는 말이겠지? 나야말로 평생 강에서 잡아오는 미꾸라지로 추어탕 끓여서 먹고사는데 쥐꼬리만 한 보상금 받으면 그걸로 뭐 하겠어."

최 피디와 주인의 말을 들으니 이곳으로 내려오면서 강에 면한 농가 주택을 고르려고 열심히 발품을 팔던 생각이 났다. 전국의 강을 모두 뒤엎는다는 말은 너무나 비현실적이다. 우리도 슬슬 일어설 준비를 했다.

"그런데 예전 연재분에서 시가 한 편 등장하잖아요? 그거 작가님이 쓴 건가요, 아니면 달리 저작권자가 따로 있는 건가요?"

"기성 시인의 작품이에요. 일부를 인용한 거라 웹툰 같은 데서는 관행적으로 저작권 허락 없이 쓰는 편인데 영화라면 모르겠네요."

"광고 같은 데서는 노래의 부분 인용도 저작권이 별도로 발생하거든요. 시도 영화에서 쓰면 그런지 알아봐야겠네요. 그건 그렇고, 웹툰에서처럼 작가님도 지금의 현실이 사실은 가상의 상황이라는 생각을 하시나요?"

"글쎄요, 그건 역시나 생각하기 나름이지 않을까요? 하지만 아까 간신히 마감 시간에 맞춰 보낸 이번 회차 연재분의 원고료를 걸고 선택하라면 아니라는 쪽에 걸겠습니다. 최 피디님은 어떤 쪽이세요? 혹시 방금 전 추어탕을 먹은 부분까지가 주입된 기억이고, 실은 지금이 2008년이 아니라 2045년이라고 생각하는 거 아니에요? 어디 엔터테인먼트 회사 취업 시험이라도 보고 있는 중이라고요."

"가끔은 제가 처한 현실이 사실은 가상이었으면 하는 마음이 들어 여쭤봤어요. 사실 이번에 진행하는 영화에 전혀 어울리지 않는 배우를 쓰라고 투자사에서 노골적으로 압력을 넣어 골치가 아프거든요. 제 꿈이 원래 알프레드 히치콕 싸다귀를 후려치는 영화를 만드는 건데, 이렇게 대기업에서 스폰 받는다는 소문이 난 배우를 쓰려니 속이 뒤틀려서요. 그럴 땐 작가님 웹툰에서

처럼 지금의 현실이 가상의 상황이었으면 좋겠단 생각이 들긴
하지요. 만약 그러면 깰 때 느껴진다는 약간의 현기증은 얼마든
지 참을 수 있겠는데 말이죠."

쓸쓸한 웃음을 내보인 최 피디는 주차된 차의 시동을 걸며 덧
붙였다.

"배우의 스폰 얘기는 우리끼리 비밀입니다."

그렇게 최피디는 다시 서울로 올라가고 나 역시 MTB에 올
라탔다.

다시 강가의 농로를 따라 작업실로 향하는데 예의 가막살나
무 군락이 보였다. 밝고 붉은빛으로 매달린 무수한 구슬들이 가
을을 뽐내고 있었다. 지금이라면 어떨까? 다시 질문을 받는다
면 역시 같은 대답을 할까? '없어도 크게 아쉬움이 없는 한 회
분의 원고료가 아니라 좀 더 묵직한 것을 걸어도? 이를테면
시력이나 혹은 나아가 존재 모두를 걸어도?'

작가는 가끔 마음속 깊은 곳으로 잠수한다. 왜냐하면 어떤 작
가가 뭔가를 쓴다는 것은 자신의 심해에서 도저히 말하기 힘든
것, 그러니까 단단하게 굳어버린 쓸쓸한 돌들을 그물로 건져 올
리는 것이니까.

난 예전 연재에서 인용한 오컴의 면도날 이론을 떠올렸다.

같은 현상을 설명하는 두 개의 주장이 있다면 보다 단순한 쪽을 선택하라는 것. 그렇게 본다면 저 앞으로 보이는 가막살나무를 설명할 때 2045년을 가정하고, 또 STPI를 가정하고, 또 시험에 응시하는 취업준비생이나 샐러리맨을 가정하는 것보다 그저 2008년 현실 속의 나무라고 가정하는 것이 보다 간단한 것이다.

당연하다. 마치 절대다수의 반대 여론을 무릅쓰고, 저 아름다운 강바닥을 파헤치고, 많은 숲을 밀어내고, 헛되이 천문학적 예산을 쏟아붓는다는 가정보다는 그저 지금처럼 앞으로도 저 가막살나무 숲이 내년에도 내후년에도 그대로 자리를 지키고 있을 거란 단순한 설명이 중세 철학자의 의도에 더 부합되는 것처럼 말이다.

그러니 진실은 간단하다. 가막살나무가 군락을 이루고 있는 이곳이 현실이다. 그리고 누구도 건드리지 않는 강은 언제까지나 지금처럼 평화롭게 흘러갈 것이다. 그러니 나는 현실에 살고 있다.

어셔비츠 홀라후야
빙드레브쵸

1

　21세기의 첫해, 나는 광고회사에 입사했고 직장에서 여자친구도 만났으며 그 애에게서 신기한 주문도 배웠다. 그건 그해 스물일곱 살이 된 내가 상상했던 21세기의 모든 것이었다. 그리고 이 글은 그 시절 배운 주문에 대한 얘기다.

　주문에 대해 말하려면 먼저 여자친구에 대한 얘길 해야겠다. 여자친구와는 지난 세기에, 그러니까 1999년에 높은 경쟁률을 뚫고 입사한 광고회사의 신입사원 연수에서 만났다. 금융위기의 여파 탓인지 오리엔테이션 첫날, 신입사원들 사이에는 일종의 비장한 기운이 흘렀고 강사들은 눈에 잔뜩 힘을 준 채로 우리를 훑어보았다. 마치 공장에서 불량품을 솎아내는 품질검사원 같았다.

오리엔테이션을 지켜보던 임원 중 한 명이 신입사원들의 분위기가 너무 가라앉았다고 생각했는지 박수를 치게 시켰다. 눈치 빠른 분은 이미 짐작했을 테다. 그렇다. 촌스러운 '3.3.7' 박수였다. 신입사원이라고는 하나 나이를 먹을 대로 먹은 성인들이 그런 박수를 친다는 게 일종의 블랙코미디처럼 느껴졌다, 라기보다는 제일 창의적이어야 할 광고회사에서 이게 뭔 짓인가 싶었지만 딱히 모나게 튀고 싶은 마음도 없었다. 우리는 105:1의 경쟁률을 뚫고 들어온 엘리트였고 수습기간 중에 그만두고 싶은 이는 아무도 없었다.

나 역시 부모님께서 골라주신 양복을 입고 다른 신입사원들을 따라서 성의껏 손뼉을 쳤는데 옆자리에 그녀가 있었다. 그 애가 내 박수 소리를 듣더니 입을 가리고 웃었다. 나는 멋모르고 따라 웃었다. 우리는 각자가 105명씩을 물리친 엘리트였으니까. 매일 아침 출근카드를 찍어야 할 직장이 있고, 세일을 이용했지만 백화점에서 구입한 양복을 입고 막 사회에 첫발을 내디뎠으며 때마침 옆자리에 싱그러운 웃음을 짓는 이성이 박수를 치고 있다면, 그건 멋모르고 따라 웃어도 충분히 좋을 만한 상황이었다.

옆에서 웃는 그녀에게선 갓 짜낸 레몬 향이 났다. 그건 21세기 들어 처음 맡은 신선한 냄새였다. 그리고 한 달간의 신입사원 연수가 끝날 즈음 그 애는 내 여자친구가 되었다.

"그거 아니? 네 박수에선 꼭 캐스터네츠 치는 소리가 나."

나중에 동갑내기인 여자친구에게 들은 얘기다. 신입사원 오리엔테이션도 끝나고 우리는 광고제작팀에 배치되어 순환근무를 했다. 실무부서를 돌면서 감각을 익히는 것이니 여전히 수습 기간의 연장인 셈이었는데 그즈음 급격히 친해졌다. 우리는 많은 걸 눈여겨보았으며 어느 정도 상사의 인정도 받았다. 21세기는 자기계발서의 시대였고 우리는 불철주야 노력했으며 그 대가로 얻어진 대기업 계열의 광고회사 입사에 만족했다. 우린 시내 빌딩 숲에서 플라스틱 사원증을 목에 걸고 점심을 먹었으며 산뜻한 명함을 같은 부류의 사람들과 나눠 가졌다.

내가 수습 딱지를 떼고 처음 정식으로 참여한 프로젝트는 아파트 광고였다. 금융위기를 뚫고 다시 부활하는 대기업 건설사의 목표에 걸맞게 그 회사에서 짓고 있는 아파트를 누구나 살고 싶어하는 꿈의 공간으로 만드는 것, 그게 내가 이 사회에서 처음으로 진지하게 부여받은 목표였다. 난 사람들의 눈길을 휘어잡을 수 있는 광고 카피를 짜내기 위해 선배들이 알려준 노하우대로 온갖 시집과 화집을 들췄고, 거기서 고객들의 정서를 흔들 수 있는 감상적인 낱말과 이미지를 찾았으며 그걸 이국적으로 발음해주는 많은 외국어를 찾아보았다.

혼자 사는 여자친구의 원룸에 가본 것은 그 무렵이었다. 그날은 내 생일이기도 했으므로 우리는 코마네치 액자가 걸려 있는 그 애의 방에서 준비해간 와인을 마셨고 첫 키스를 했다.

"어때, 아파트 광고 잘돼?"

"시집들 쌓아놓고 아파트나 집과 관련된 표현들 분석하고 있는데, 잘 모르겠어. 대신 영상 쪽에선 괜찮은 거 찾아내서 오케이 받았어. 예전 미국영화에 근사한 이미지가 있더라고."

"하긴 넌 원래 영화에 관심 있다고 했잖아."

"내가 그런 말도 했었나? 그건 그렇고 너희 팀은 광고 시안 잘돼가니? 너희 팀에서 무슨 대형 할인마트 광고 맡았다고 했잖아."

"글쎄, 내가 제출한 디자인 시안이 너무 동화적이라고 자꾸 지적받고 있어. 요새 같은 분위기면 가격에 대한 직설적 어법이 오히려 유통업계 트렌드라면서."

디자이너로 입사한 여자친구의 말이었다. 동화라……. 하긴 언젠가 들어본 것도 같다. 그 애의 예전 꿈이 동화작가라고 했다. 글도 쓰고 그림도 그리고. 모처럼의 생일인데 여자친구는 의기소침하게 말을 이었다.

"그래서 요새 약간씩 회의감이 생겨. 내가 이걸 잘해낼 수 있을까 싶어서. 첨엔 정신이 없고 뭐가 뭔지 몰라 시키는 대로 했는데 갈수록 내 길이 아닌 것도 같고."

"왜 그래, 맥 빠지게. 오늘 같은 날 회사 얘기 말고 재밌는 얘기나 하자."

"그래, 좋아. 칙칙한 얘기 말고 재밌는 얘기나 하자. 사실 내가 진짜 써보고 싶은 건 조그만 요정이 나오는 동화야. 이 얘긴 해피엔딩인데 끝에 코마네치 닮은 귀여운 여자애가 나오지. 요 며칠 우리 둘을 생각하며 구상했다고. 들어볼래?"

이 동화는 네가 찾는 아파트 광고 카피는 아니지만 소원을 들어주는 신기한 주문으로 시작해, 라고 단서를 단 여자친구의 말이었다. 물론 나는 좋다고 했다. 21세기의 첫 생일이니, 신기한 주문과 더불어 코마네치 닮은 귀여운 여자애가 나오는 해피엔딩 동화가 걸맞을 테다.

2

그날 여자친구가 얘길 시작하며 가르쳐준 주문은 이런 거다. '어셔비츠 홀라후야 빙드레브쵸!' 글쎄다, 어느 나라 말인지는 자기도 모른다고 했다. 아주 예전에 꿈에서 외계인에게 배운 거라니 지구어가 아닐지도 모를 터이다. 당연히 철자도 모르고 발음이나 억양도 정확하지 않다.

난 처음에 그 주문이 여자친구네 팀에서 진행하는 대형할인 마트 광고 시안인 줄 알았다. 새침해진 여자친구의 안색을 보고서야 진짜 꿈에서 배운 주문임을 믿겠다고 다짐했다. 지금 생각해보면, 그 주문에서는 마치 초국적 기업의 탄산음료 로고송의 냄새가 났다. 대형마트나 프랜차이즈 업체의 로고송처럼 몇 번 들으면 딱 외우게 되는 그런 것 말이다. 여자친구 말인즉, 이 주문은 자신의 소원을 이루어주는 것이라고 한다. 뭐, 믿거나 말거나.

여자친구의 꿈에 나타난 치는 ET를 닮은 외계인이었다고 한다. 사실 21세기 들어서, 꿈에 나타나 소원 따위를 들어주는 치들은 주로 외계인이다. 꿈에 나타나는 치들도 시대의 유행을 타나 보다. 어쨌거나 이 주문으로 소원을 이루는 데엔 조건이 있다고 한다. 그건 자신의 기억 중에 하나를 골라 소원을 이루는 대가로 지워야 한다는 것이다. 뭐, 그 기억이 대단히 중요하거나 소중하지 않아도 된다. 나쁜 기억이거나 사소한 거라도 좋다고 한다. 생각해보면 이건 정말 기가 막힌 보너스다. 어떻게 조합하느냐에 따라서, 자신의 소원을 이루면서 나쁜 기억까지 없앨 수 있으니 말이다. 난 연습장에다 여자친구가 일러준 주의사항과 실행 절차를 메모해가며 주문을 전수받았다. 자, 그럼 이제 그 작동방법.

① 먼저 지워도 될 자신의 기억을 하나 고른다.

② 다음으로 자신이 이루고자 하는 소원을 생각한다.

③ "어셔비츠 홀라후야 빙드레브쵸!"라고 주문을 외운다. 주문은 눈을 감고 세 번 연속으로 외운다.

④ 자신이 버려도 될 거라고 생각한 1번 기억을 다시 떠올린다. 하지만 그건 원래 골랐던 기억이 아니고 1번이라고 착각하는 또 다른 기억일 뿐이다.

⑤ 따라서 1번 기억은 영원히 잊혀지고 소원은 이루어졌다. 뭔가 하나를 빼먹은 것 같지만 일단 이것으로 끝.

그날 여자친구의 설명은 대체로 이랬다. 물론 한 번 들어선 잘 이해가 가지 않았다. 대체로 인생의 많은 것들이 그렇듯 말이다. 우리는 다음에는 연습문제를 하나 풀어보기로 했다.

여담이지만, 자신이 내다버린 그 1번 기억은 외계인들이 주워다가 자기네들끼리 기념품으로 사고판다는 것이다. 마치 옛날에 마젤란이 몰루카 제도에 도착해서 배 안의 유리구슬을 현지 원주민들의 향신료와 맞바꾼 것처럼 말이다. 마젤란이 실제로 그랬는지는 모르겠다. 말이 그렇다는 거다. 누군가에게는 먹지 못할 조악한 액세서리지만, 또 다른 이에겐 삶의 피곤함을 탈출할 멋진 드림캐처가 되는 것이다. 사실 정향 같은 향신료 따위, 없어도 그만이다. 절대다수가 기아에 허덕이는 16세기라면 더더욱. 하지만 특별한 미각과 꿈을 찾아 지구를 일주하는 사람도 있는 법이다. 어쩌면 그날의 주문도 그런 건지 모른다.

3

며칠 후 여자친구의 원룸에 갔을 때 우리는 연습문제를 풀었다. 그날은 꽤나 고생했던 아파트 광고 시안이 광고주의 오케이를 받은 날이었다. 사실 광고주가 채택한 시안은 내부적으로 베스트라고 생각한 건 아니었기에 약간은 뜻밖이었다.

"광고주가 왜 그렇게 서두른 거지? 좀 더 다듬었어야 한다면서?"

"그게, 아파트 건설현장에서 철거민 시위가 있어서 서둘러 이미지광고 하려고 급히 정한 거 같아."

여자친구는 그 말을 듣고서야 고개를 끄떡였다. 내가 사회에 나와 처음으로 내 이름을 걸고 그려낸 꿈의 아파트는 정작 원주민은 입주하지 못하는 그런 신기루였던 거다. 광고에는 현재 진행되는 위해요소에 대한 분석도 고려되어야 하므로 나는 건설현장 분위기를 누구보다도 잘 파악하고 있었던 셈인데. 그런 생각을 하자 며칠 전 의기소침해하던 여자친구가 이해 갔다. 그런 생각에 오히려 내가 침울해 있자 여자친구는 분위기를 바꾸려고 '어셔비츠 홀라후야 빙드레브쵸' 주문 얘길 더 해주겠다고 했다.

"지난번에 내가 어디까지 얘기했더라?"

"이 주문을 세 번 외우면 소원이 이루어진다고 했잖아. 그러면 자기가 바꿔치기 하고 싶었던 나쁜 기억은 영영 사라지고, 그후엔 버리고 싶었던 기억이라고 생각한 리스트 자체가 사실은 다른 기억이라는 것까지 얘기했었지."

"근데 말이야, 한 가지 빼먹은 게 있어. 소원을 이루는 데에는 특별한 조건이 있어."

지난번에 여자친구가 빼먹은 것은 소원의 특별 조건에 관한 것이었다. 꿈에 나타난 외계인은 그걸 소원을 들어주는 것에 대한 일종의 대가라 했다고 한다. 여자친구는 직접 경험해보는 것이 좋다고 했다. 그래서 난 다음과 같이 '어셔비츠 홀라후야 빙드레브쵸' 소원 빌기 실습을 진행했다.

① 우선 바꿔치기 하고 싶은 기억으로 어렸을 적 마징가제트 피규어를 잃어버린 일을 골랐다. 초등학교 시절 그걸 잃어버리고 꽤나 상심했지만, 그깟 기억 지워져봤자 별것 없다고 여겼던 것.

② 이루고 싶은 소원으로는 '쇼팽의 〈에튀드〉를 우아하게 치기'를 골랐다. 이렇게 말하면 약간 쑥스럽지만 내 소원 중의 하나가 피아노를 잘 쳐서 어느 쓸쓸한 겨울날 아침의 공기를 파르르 떨리게 만드는 거다. 뭐, 여자친구가 듣고선 '너 정말 유치하구나'라고 생각해도 할 수 없고.

③ 그리고 눈을 감고 '어셔비츠 홀라후야 빙드레브쵸!' 주문

을 세 번 외웠다.

④ 여자친구는 눈을 뜬 날 보며 미소 지으며 바꾼 기억이 무엇이냐고 물었다. 난 당연히 초등학교 5학년 때 마징가제트 피규어를 잃어버린 일이라고 얘기했다.

그러자 여자친구는 웃으며 그건 내가 애당초 버리고 싶었던 기억 대신 자리 잡은 대체기억이라고 했다. 마치 내가 손으로 바닷물을 한 움큼 떠내더라도 순식간에 그 옆의 바닷물이 그 자리를 평평하게 채우는 것처럼 말이다. 그래서 난 물었다. 바꿔치기한 오리지널 1번 기억은 무엇이었냐고 말이다.

"뭐 알려줄 순 있지만 별 의미가 없을 거야. 어차피 소원을 빈 당사자하곤 영영 무관한 기억이 되었으니 이젠 더 이상 실감이 전혀 나지 않을 테니 말이야."

그러면서 여자친구는 내가 버려도 좋다고 생각했던 건 중학생 때 좋아했던 일본 여자애에 대한 기억이라고 했다.

"그 여자애의 이름은 시즈미였어. 지난번에 우리 집 왔을 때 와인 마시면서 어린 시절 얘기를 서로 했잖아. 그때 네가 잠깐 말해주기도 했는데 기억 안 나지? 중학생 때만 해도 넌 그림을 곧잘 그려서 그 애 초상화를 그려주기도 했다면서?"

"시즈미? 정말?"

난 전혀 기억에 없던 거라 순간적으로 깜짝 놀랐다. 여자친구가 너무나 천연덕스럽게 말을 해서 지난번에 이젠 희미해진 그런 일을 술김에 얘기했나 하고 기억을 더듬을 정도였다. 난 여자친구의 '어셔비츠 홀라후야 빙드레브쵸' 주문 게임이 재밌어지기 시작했다.

"그 정도면 오래도록 추억으로 간직하고픈 기억일 텐데 왜 버려도 좋다고 생각했을까?"

"그거야 내가 알 바 아니고."

여자친구는 다소 씁쓸해하는 미소를 지으며 대답했다. 여자친구의 표정은 꽤나 자연스러웠다. 생각해보니 중학생 시절부터 일본 애니메이션에 관심을 가지면서 일어를 공부했었는데 그때 학원에서 배운 선생님 중에 시즈미 비슷한 이름을 가진 네이티브 스피커가 있었던 것도 같다. 기억나진 않지만 술김에 그런 얘길 했는데 혹시 그게 와전됐을 수도. 뭐, 그런 일이 있었다고 해봤자 난 아무렇지도 않았다. 마치 남의 발목에 생긴 골절 같았다.

⑤ 어쨌거나 마지막 단계는 이제 소원이 이루어졌나를 확인

하는 차례다. 난 여자친구의 권유에 따라 원룸 창가에 있는 피아노 앞으로 가서 떨리는 손가락을 건반 위로 올렸다.

그렇게 손을 얹고 피아노 위 액자 속의 코마네치가 평균대 위를 날아다니듯이 내 손가락이 건반 위에서 춤을 추기를 기대했지만 아무런 접신의 징조가 없었다. 한마디로 마법의 분홍신 사건은 생기지 않았던 거다. 그래서 난 여자친구에게 투덜댔다.

"뭐야, 이거? 결정적인 순간에 재미가 없잖아!"

그러자 여자친구는 고개를 저으며 말했다.

"아니! 이미 소원은 이루어졌어."

난 다시 한 번 피아노 건반을 손가락으로 두드려봤다. 그렇지만 피아노에선 언젠가 여자친구가 허겁지겁 계단을 내려가다가 '앗차' 하고 하이힐 미끄러지던 소리가 났다.

그제야 여자친구는 지난번에 빼먹은, 그러니까 '어셔비츠 홀라후야 빙드레브쵸' 주문에 따른 특별 조건을 일러주었다. 이를테면 그건 모든 약품에 응당 딸려오는 '복용 시 유의사항 및 부작용' 같은 거였다. 그러니까 마지막 유의사항은 이런 거다. 지우고자 하는 1번 기억이 바뀌는 것처럼 역시 자신이 이루고자 하는 소원의 리스트 자체가 주문을 외우는 순간 대체된다는 것이다.

"쇼팽의 피아노 치기'도 나중에 대체된 거라고? 그럼 내가 원래 빌었던 소원은 뭐였어?"

여자친구의 말인즉슨, 원래 내가 주문을 외우기 전에 빌었던 소원은 '남들보다 책 두 배 빨리 읽기'였다는 것이다. 평소에 책을 느리게 읽어, 그런 능력이 있으면 필요한 책을 맘껏 읽을 수 있겠다 싶어 생각한 소원이라는 것. 어쨌거나 주문을 외우는 순간 이 소원은 이루어지고, 그에 따라 그동안 내가 남들보다 책을 빨리 읽었단 식으로 기억이 재구성되었다는 것이다.

난 그야말로 어이가 없었다. 뭐, 원래 책을 빨리 못 읽었는데 이제 남들보다 두 배 빠른 속도로 책 읽는 능력이 생겼으니 직장 동료들에게 일주일간 점심이라도 연달아 쏴야 할 판이지만, 이미 내 머릿속에는 어렸을 적부터 책을 빨리 읽었던 기억이 자리 잡고 있느니만큼 뭔가 소원을 이룰 때의 신선함이랄까 성취감 같은 게 없었던 것이다. 이게 사실이라면 뜨거운 운동장을 열 바퀴 뛰고 나서 체온 정도로 덥혀진 콜라를 마실 때처럼 찝찝한 일이다.

여하튼 난 '어셔비츠 홀라후야 빙드레브쵸'에 흥미가 생겼으므로 다시 '쇼팽처럼 〈에튀드〉 연주하기'에 도전했다. 여자친구의 원룸에서 그런대로 하기 좋은 게임이니 말이다. 뭐, 혹시 아나? 나중에 이걸 이용해서 정말 탄산음료 로고송이라도 하나 지어낼 수 있을지?

어쨌거나 이번에도 바꿔치기 하고픈 기억을 떠올린 다음 소원을 잘 생각하고 신중하게 주문을 외웠다. 여자친구의 말에 의하면 이 '어셔비츠 홀라후야 빙드레브쵸' 소원 주문에는 획기적인 장점이 있었는데, 옛날 외국의 민담이나 전래동화에 나오는 것처럼 치사스럽게 횟수나 시간 제한은 없다는 거다. 그렇지만 역시나 이번에도 난 피아노를 칠 수 없었다.

여자친구가 전하기를 두 번째 도전에서 내가 원한 것은, '한 손으로 자전거 타기'였다는 것이다. 한 손은커녕 아예 자전거 탈 줄을 몰라 떠올린 소원이란 거다. 처음 자전거를 배울 때 사고가 날 뻔한 적이 있어서 그 뒤로 영영 자전거를 배우지 못했는데 그게 나에게는 일종의 콤플렉스 같은 것이었다고 한다. 물론 방금 주문을 외우고 순식간에 능력을 부여받게 된 것이다.

글쎄, 자전거라. 물론 처음 자전거를 배울 때 차에 치일 뻔해서 그것 때문에 초등학교 입학한 후에 친구들의 놀림을 받은 것은 기억난다. 그래서 1학년 여름방학 때 일주일간 죽어라고 연습해서 자전거를 타게 됐는데 그 기억부터가 새로 자리 잡은 가상의 기억이란 거다. 적어도 자전거에 관해선 말이다.

"당연히 '쇼팽처럼 피아노 치기'는 그 '한 손으로 자전거 타기'가 이루어진 다음에 네가 소원했다고 기억하게 된 바꿔치기인 거지."

여자친구는 친절하게 설명했지만 이쯤 되니 난 '어셔비츠 홀라후야 빙드레브쵸' 주문 게임에 슬슬 짜증이 났다. 그럼 난 영원히 쇼팽처럼 피아노 치기를 못하는 걸까? 이 주문의 논리대로라면 응당 그렇다. 즉 내가 쇼팽처럼 피아노를 치려면 바이엘과 체르니부터 시작해 수년간의 고된 연습을 거치고, 더불어 하늘이 지 맘에 드는 인간들에게만 불공정하게 부여하는 선천적 재능까지 얻어야 비로소 가능한 것이다.

"그럼 지금부터라도 열심히 연습해야 십 년 후에라도 어찌어찌 쇼팽의 〈에튀드〉를 비슷하게라도 칠 수 있다는 건가?"

"빙고! 근데 이거 아니? 네가 죽어라고 연습하면 나중에라도 그런 능력을 얻을지 모르지. 하지만 이 주문에는 마지막 결정타가 있어. 만약 네가 부단히 애쓴다면 앞으로 십 년쯤 뒤에 쇼팽의 〈에튀드〉를 비슷하게 칠 수 있을지 몰라. 그런데 그 능력은 네가 각고의 노력으로 얻은 게 아니라 십 년 후의 네가 '어셔비츠 홀라후야 빙드레브쵸' 주문을 통해 얻은 것일 수도 있다고.

즉 피아노에 대한 재능은 오리지널로 빌었던 소원으로 얻은 거고, 대신 넌 이미 이루어진 쇼팽 대신 영영 이루지 못할, '원서로 《바가바드기타》 읽기' 따위를 네가 빌었던 소원이라고 생각하며 아쉬워할지도 모르고 말이야. 어쨌거나 그렇다면, 그때까지 네가 십 년간 피아노를 연습했단 기억은 완전히 가상의 기억이었다는 거지."

4

그 후로 가끔 여자친구의 마지막 설명에 대해 되풀이 생각했다. 처음에는 어리둥절했으나 이윽고 그 말의 으스스한 의미를 깨닫게 되었다. 사람은 자신이 무엇을 바라고자 하는지 정확히 모른다는 것. 그리고 자신이 간절하게 바란 것은, 사실은 이미 자신이 가지고 있는 건지도 모른다는 것. 21세기의 첫해는 그런 걸 배운 해였다. 그리고 어쩌면 자신이 간절히 원하는 그 어떤 것도 더 이상 가지지 못한다는 것도 배웠다. 그게 21세기다.

그리고 해가 바뀌면서 여자친구는 회사를 그만두었다. 뒤늦게 유학을 가겠다는 거였다. 유학이라, 그것도 좋은 생각이다.

그 시절엔 너도나도 미국으로 MBA를 따러 가는 게 유행이었다. 어찌하여 바늘귀를 통과해 대기업이라고 들어왔지만 언제 구조조정이란 이름으로 내몰릴지 모를 노릇이었고, 또 상사들을 보면 실제로도 그랬다. 여자친구가 원한 것은 MBA가 아니라 애니메이션이었지만, 외국으로 나간다는 점에서 어차피 비슷한 거였다. 여하튼 그것으로 우리들의 관계에는 미세한 금이 가기 시작했고 그 애가 출국하면서 영영 관계는 끊어지고 말았다.

그 후 때때로 그때 여자친구의 바람처럼 같이 회사를 그만두고 미국으로 갔으면 어땠을까 하고 생각하곤 한다. 여자친구는 애니메이션을 배우고 난 평소에 내밀하게 꿈꿨던 영화를 공부하는 것이다. 아마 그랬다면 많은 게 달라졌을 거다. 아쉬움이 전혀 없다고 하면 거짓말이겠지만 지금에 와서 후회해봤자 소용없는 일이다.

그렇다고는 하지만 난 그 애가 있어서 그 시절이 견딜 만했다. 그 애는 자주 자신이 궁리해낸 동화를 들려주었다. 그리고 3D 기법을 이용해 그걸 애니메이션으로 제작하는 꿈을 들려주었다. 그 언젠가 처음 내 이름으로 제출한 광고 시안이 채택되었지만 연이어 철거민들의 시위 소식을 들은 날, 그녀는 신기한 주문을 통해 모든 나쁜 기억을 버릴 수 있지만 동시에 모든 걸 버릴 수 없는 얘길 해주며 날 위로해주었다.

신입이란 레테르를 가지고 밤낮 없이 야근을 했었지만 그 시절 여자친구가 들려준 이런저런 동화를 생각하며 그때를 돌이켜보면 슬며시 미소가 지어지니 그런대로 좋았던 시절임에 틀림없다. 그때 그 애와 레고블록처럼 조립했던 어떤 것을 사랑이라고 부른다면, 그 안에선 놀라운 동시에 두려운 냄새가 맡아졌다. 시시때때로 말이다. 아마도 그건 모든 걸 이룰 수 있지만 또한 동시에 모든 걸 이룰 수 없다는 교훈 아닐까. 내가 수없이 지어냈던 광고 카피처럼 말이다. 난 그 미지의 것을 정성껏 배워나갔지만 결국은 역부족이었던 것 같다.

여하튼 최소한 여자친구에 관해서라면, 요약하자면 이런 거다. 헤어질 사람은 언젠가 모두 헤어진다. 즉 여자친구랑 헤어졌으니 우린 결국 헤어질 사이였던 것이다. 그 과정은 몹시 괴로운 일이다. 무언가를 선택하고 또 무언가를 버린다는 것은 말이다. 누구나, 겪어보면 안다. 그나마 다행인 것은 날카로웠던 고통조차 시간의 흐름에 따라 흐려지면서 어느새 달콤하게 변한다는 거다. 우리는 그걸 흔히 추억이라고 부르지만, 그건 그 옛날 자신이 쓰고 읽고 듣고 입 맞추고 포옹했던 것이 아닐지도 모른다.

그 후로 여자친구를 다시 만난 건 딱 십 년 만이었다. 함박눈이 내리고 있었고 막 연말 바겐세일을 하는 시내 백화점 앞에서였다. 귀국했다는 얘긴 오래전에 풍문으로 듣고 있었는데, 많이 달라진 여자친구는 조그만 여자아이의 손을 잡고 백화점 화단에 있는 눈을 뭉치고 있었다. 오랜만에 안부를 나누고 우리는 백화점 근처 카페에서 잠깐 커피를 마셨다. 우리가 얘기를 나누는 동안 여자애는 요정처럼 카페를 뛰어다녔다.

"딸이니?"

"응. 미국에 있을 때 낳았어. 넌 결혼했니?"

"난 아직."

잠깐 침묵.

"여긴 어쩐 일이야?"

"오늘 남편 생일이라서 선물 사러 나왔지. 여기서 보기로 했거든."

또 잠깐 침묵.

"지금도 주문 외우니? 옛날에 네가 재밌는 주문 나오는 동화 얘기해줬잖아."

"아, 어셔비츠 훌라후야 어쩌고저쩌고하는 주문? 글쎄, 동화 내용이 뭐였더라?"

"야, 네가 얘기해주고 네가 잊어버리면 어떡하니?"

"그러게 말이야. 근데 예전에 너한테 얘기했었나? 그 주문은 남에게 알려주면 자신은 효력이 없어진다는 거? 그건 세상에서 딱 한 사람만 쓸 수 있는 거라고."

잠시 우리는 21세기의 첫해에 대한 얘길 나누다가 카페를 나섰다. 밖에 나와보니 잠깐 사이에 날이 저물어 있었다. 오랜만에 만난 여자친구는 여전히 재치가 있었다. 그러자 내 안의 밑바닥에서 아릿한 무언가가 천천히 차올랐다. 그리고 그건 막막한 저녁의 냄새로 풍겨왔다. 그 냄새를 맡자 오랫동안 잊고 있었던 주문이 선명하게 되살아났다.

백화점 앞에 세워둔 크리스마스트리에 불이 들어왔다. 작은 요정이 불빛을 향해 달려갔다. 난 말갛게 타오르는 오색의 불빛을 보며 그 옛날의 주문을 외웠다. 한 번. 트리에 불이 모두 들어오자 여자애가 신나게 손뼉을 쳤다. 두 번. 여자친구는 잠깐 머뭇하더니 자신이 뭉친 눈을 나에게 주었다. 뭉친 눈에서는 아련하게 레몬 향이 났다. 난 부들부들 떨면서 다시 눈을 감고 세 번.

6

그 순간, 뭔가 아련한 냄새가 났다. 다른 차원이 겹쳐지는 냄새. 한때는 내 것이었던 무언가가 소멸해가는 빈자리로 바닷물이 한 움큼 밀려오는 냄새. 굳이 끄집어내자면 갓 짜낸 레몬 향 비슷한 것.

7

눈을 뜨자 고개를 쏙 빼고 트리를 올려다보던 꼬맹이가 나를 돌아다보더니 말했다.

"아빠, 트리 정말 멋져! 나 무등 태워줘!"

난 크리스마스트리의 현란한 불빛에 잠깐 머리가 어지러웠지만 곧 정신을 차리고 힘껏 딸애를 안아주었다. 목말을 태워준 딸애의 손뼉에선 캐스터네츠 소리가 났다.

"오늘 시나리오 기획회의 때문에 늦는다더니 벌써 나왔어?"

쇼핑백을 든 아내가 다가왔다.

"응, 생각보다 좋은 시나리오가 들어왔어. 오히려 당신한테 더 맞을 것도 같아. 약간 동화풍인 것이 극영화보단 애니메이션에 적합한 것 같거든. 시놉시스 들어볼래? 이렇게 시작해. '21세기의 첫해, 나는 광고회사에 입사했고 직장에서 여자친구도 만났으며 그 애에게서 신기한 주문도 배웠다. 그건 그해 스물일곱 살이 된 내가 상상했던 21세기의 모든 것이었다…….'"

　난 코마네치를 닮은 딸아이를 힘껏 잡으며 말했다. 불이 환하게 켜진 트리를 배경으로 아내가 미소 지었다. 21세기 그리고 플러스 십 년의 겨울이었다.

언젠가 크리스마스 섬
홍게의 행진

1

　인도네시아 자카르타 남쪽 500킬로미터, 남위 10도 30
분, 동경 105도 40분의 바다에 장화 모양의 크리스마스 섬
이 있다. 그러니까 적도 살짝 아래쪽 인도양 한가운데다. 공
식 명칭은 '오스트레일리아령 크리스마스 해외준주(海外準
州)'이다. 주도(州都)는 플라잉피시코브이며, 연간 강수량은
2,200밀리미터가량. 1643년, 이 섬에 최초로 도착한 윌리
엄 마이노스의 상륙일이 성탄절이어서 크리스마스 섬이란
이름이 붙었다.
　크리스마스 섬이 관광지로 널리 알려지게 된 것은 홍게

때문이다. 홍게는 평소에는 내륙의 열대우림에 사는 뭍게인데, 매해 11월 산란기가 시작되면 이듬해 2월까지 번식을 위해 산란지인 해변으로 이동한다. 약 1억 2천만 마리의 홍게가 평균 6킬로미터 정도를 이동하는데 이 기간 동안 135제곱킬로미터의 이 섬은 붉은 절지동물로 뒤덮인다.

이동이 절정에 이르면 섬의 대다수 도로는 폐쇄되고 섬 주민들은 홍게의 이동에 너그러운 마음으로 협조한다. 도로 통제에 자발적으로 동참하고 자원봉사자들은 홍게를 도로 밖으로 옮겨준다. 차량은 홍게를 피해 지그재그로 운행하고 아이들은 크랩송을 부르며 홍게 보호활동에 적극적으로 나선다. 물론 홍게 보호 캠페인 스티커도 빠질 수 없다.

이런 배려에도 불구하고 바다로 이동하는 홍게가 이런저런 사고로 죽는 일은 다반사이다. 뭍게이지만 아가미 호흡을 하는 홍게에게 특히나 건조한 날씨는 치명적이다. 35도에 육박하는 적도의 겨울은 홍게에게 언제나 재앙이다. 홍게가 주민들의 집을 지나다가 거실에서 새어나오는 에어컨 바람에 잠시 몸을 맡기는 것을 보는 것도 어렵지 않은 일이다. 주민들은 도로 위에서 죽어가는 홍게들을 위해 물을 뿌려주기도 하는데 물을 맞는 홍게는 극소수라고 한다.

정리된 자료가 듣기 좋은 내레이션으로 다듬어져 흘러나왔다. 어두운 회의실의 프레젠테이션 화면에 바다로 기어가는 홍게들이 가득 찼다. "도로 위에서 죽어가는 홍게를 위해 마음을 나누는 사람들이 있습니다"라는 내레이션과 함께 어머니와 함께 선 소녀가 고무호수로 물을 뿌려주는 장면이 나오면서 자막이 겹쳐졌다. '우리도 당신의 행진을 응원합니다.' 신년도 기업 이미지광고의 메인카피였다.

세현은 이미지광고 프레젠테이션이 끝나자 배석한 광고회사 측 팀장에게 몇 가지 사항을 지적했다. 신년도 메인카피와 더불어 이미지광고의 소재로 크리스마스 섬을 적극적으로 확정한 이가 세현이니 회사 측의 담당 팀장 선에서 진행해도 될 시안 검토회의에 모처럼 참여하는 의욕을 보이는 셈이다.

"수고하셨습니다. 다들 바쁘니 몇 가지만 검토하도록 하겠습니다. 우선, 물을 뿌리는 이가 고만고만한 소녀인 것은 좀 나이브하지 않을까요?"

"네, 이사님, 그게요, 원래 1차 시안에서는 어머니로 설정되었는데, 지난번에 소녀로 바꾸자는 의견이 있어 콘셉트를 바꿔 진행한 것입니다."

바로 광고회사 담당 팀장의 설명이 있었다.

"더 연령을 낮추면 어떨까요? 이를테면 아기요. 더 어린아이가 물을 뿌리는 거죠. 기저귀를 차고 있으면 더 좋겠고요."

"그러잖아도 소녀가 아니라 아예 아기로 하면 어떨까 하는 아이디어도 지난 회의 때 있었는데, 왜 고무호스가 보기보다 꽤 무겁잖습니까. 아무래도 아기로 하면 현실감이 떨어져서……."

광고회사 담당의 말을 들어보니 그럴 수도 있겠단 생각이 들었다. 특히나 물까지 뿌려지면 무게도 훨씬 더 가중될 테니. 그래도 소녀보다는 아기가 더 신선하다는 느낌은 여전했다. 그런 생각을 할 때, 회사의 홍보팀 팀장이 세현의 말을 받았다.

"제 생각에도 소녀보다는 아기가 좋다고 생각합니다. 어차피 광고라는 게 리얼리티가 백 프로 중요한 건 아니지요. 메인카피를 통해 우리가 소비자들에게 덧입히고자 하는 이미지만 효과적으로 관철하면 되는 거죠. 이미지광고가 나가는 그 짧은 시간에 시청자들이 전자계산기를 들고 따질 것도 아닌데요."

"정히 리얼리티가 문제가 된다면 어머니와 아기가 같이 고무호스를 잡으면 되지요. 그런 콘셉트로 재촬영하고 나중에 다시 검토해보도록 하죠. 그리고 다음으로 중간에 섬 면적을 밝히는 부분에 135제곱킬로미터라고 하니까 너무 딱딱하던데, 이걸 좀 더 비유적으로 부드럽게 풀었으면 합니다. 예를 들면 '인도양 한 가운데에 여의도 면적 절반만 한 섬이 있다' 이런 식으로요. 어떻습니까?"

"이사님, 그게요, 이 섬 면적이 생각보다 훨씬 넓습니다. 아마 여의도랑 비교하면 일고여덟 배는 더 클 겁니다."

"그럼 백령도는요? 백령도나 울릉도보다도 큰가요?"

배석한 광고회사 카피라이터가 잠시 인터넷을 검색하더니 백령도나 울릉도보다도 더 크다고 말했다. 이미지광고의 전체적인 톤으로 보아 크리스마스 섬에는 소박한 이미지를 부여해야 하므로 비교 대상보다 커서는 곤란하다. 아무래도 어감이 죽기 때문이다. 대안으로 맨해튼 섬이나 스톡홀름 같은 외국의 도시까지 거명이 되었지만 딱히 이거다 할 만한 것은 없었다.

"디즈니랜드와 이미지를 중첩시키는 건 어떨까요? 섬의 대부분이 국립공원이고 유명한 관광지 콘셉트니 말이죠. 1억 2천만 마리의 홍게가 행진하는 섬이라니 뭔가 분위기가 로맨틱하면서도 어드벤처 분위기가 나는데요?"

광고회사 담당자의 의견에 따라 검색한 결과 디즈니랜드의 면적은 920제곱킬로미터, 크리스마스 섬의 약 일곱 배다. 이리저리 숫자를 조합하던 광고회사 카피라이터가 '디즈니랜드의

7분의 1, 디즈니랜드의 반의 반의 반' 등을 대안으로 제시했다. 다음번 최종 시안 프레젠테이션까지 어감이 좋은 카피를 찾기로 했다.

　이미지광고 시안 검토가 끝나자 더 중요한 두 번째 회의가 있었다. 광고회사에서는 팀장만 남고, 홍보팀 대신 이번에는 기획팀 팀장 및 담당자가 배석했다. 시장에서 경합을 벌이고 있는 경쟁사와의 합병을 위한 임시주총 대비 건이었다. 보다 보안이 필요한 회의였다. 이를테면 회사의 껍질을 한 꺼풀 더 벗겨내는 셈이니. 사실 이미지광고가 보기 좋게 차려입은 연미복이라면 합병 검토를 위한 프레젠테이션은 가족에게만 보여주는 트레이닝복 같은 것이다.

　첫 번째 회의와 비교하여 바뀐 점은 또 있다. 앞서 회의에서 세현이 프레젠테이션을 받는 위치에 있었다면, 이번엔 그가 주체가 되어 브리핑을 하는 위치에 서는 것이다. 아무리 세현이 후계자의 위치에서 착실하게 단계를 밟아 경영에 참여하고 있다고는 하나, 회사의 주요주주나 이해당사자들과 원만한 관계를 유지하며 그들을 설득하는 것은 중요하다.

　세현의 개략적인 지시에 따라 홍보팀에서 준비한 프레젠테이션에는 가중평균자본비용이나 유동비율 그리고 자산회전율 등이 데이터화되었고, 특히 향후 예측되는 EDIDA, EV, PER 등의 지표가 구체적인 수치로 설득력 있게 제시되었다.

특히 예전 프레젠테이션에는 화면 전환 위주의 단순하고 투박한 파워포인트가 사용되었지만, 이번 브리핑에는 전체적 스토리를 중시하고 필요한 경우 줌인과 줌아웃으로 세부적 지표를 강조할 수 있는 프레지 프로그램을 활용하도록 했다. 보안을 유지하는 조건으로 광고회사의 감수를 받도록 한 것이 주효했는지, 프레젠테이션 자체가 하나의 인상적인 서사시 같았다. 사실 이번 프레젠테이션의 콘셉트 자체를 아이작 아시모프의 유명한 《파운데이션》 시리즈에서 빌려왔다. 순전히 세현의 아이디어였다.

《파운데이션》 시리즈는 아시모프가 에드워드 기번의 《로마제국 쇠망사》에 영감을 받아 쓴 미래소설이다. 2,500만 개의 행성에 10경에 달하는 인구가 사는 미래 은하계, 인류세계를 통합해 고도의 문명을 구가하던 제국이 쇠퇴의 징조를 보이는 것으로 시작되는 이야기를 현재 성장 정체 상태에 이른 그룹의 현실에 빗대었다.

심리역사학자인 주인공 해리 셀던은 문명의 암흑시대가 도래할 것을 예견하고 새로운 문명의 근원, 파운데이션을 설립할 계획을 세우는데, 프레젠테이션에서 주인공의 역할은 당연히 세현이 담당했다. 조지프 슘페터가 얘기한 창조적 파괴, 그것을 통해 새로운 우주를 구현해내는 것이다. 프레지 프로그램을 통해 기업이 지향해야 할 길을 항로처럼 제시하고 창조적 파괴의 결단이 필요한 부분을 확대하거나 축소해서 데이터를 보여준 것이 효과적이었다.

"기업체의 중요한 기획 프레젠테이션 컨설턴트를 여러 번 해봤지만, 오늘처럼 인상적인 브리핑은 처음입니다. 그런데 저같이 예술 전공자인 사람은 괜찮지만, 근엄한 주주들에겐 어떻게 비쳐질지 모르겠습니다만……."

미학을 전공했다는 광고회사 팀장이 아부성 발언과 함께 약간의 우려를 표명했다.

"기업 프레젠테이션이라고 해서 회계 수치나 그래프만 딱딱하게 나열하는 것이란 생각 역시 지금의 수준에 만족하고 있는 우리 그룹을 망치는 편견의 일종이겠지요. 전 중견그룹에 머무르고 있는 우리 현실에서 기성의 관습과 규칙을 개선하는 게 무엇보다도 필요하다고 생각합니다."

"그렇군요. 그래도 오너가 이렇게 예술적 안목을 갖추긴 쉽지 않은데 말이죠. 이런 자리에서 말씀드리긴 그렇지만, 이사님께서 예전에 만드신 영화, 사실 제가 손으로 꼽는 작품입니다. 부끄럽지만 저 역시 한때 영화가 꿈이었지요…….."

그렇다. 세현 역시 영화가 유일한 삶의 목표였던 때가 있었다. 경도라는 말 그 자체대로. 그러나 젊은 시절 아버지에게 "기업에도 창조의 영토가 있다"라는 말을 들은 후에 마음을 바꾸었다. 비록 지금은 연로하여 그룹의 사소한 일에서는 손을 떼고 있지만, 세현이 세상에서 가장 존경하는 분이다. 빈한한 교육자 출신으로 맨땅에서 몸을 일으켜 험한 항해 끝에 자신만의 영지를 세운 이.

단편영화를 찍어 유수의 외국영화제 본선에 오른 세현이 영화를 접고 경영 수업을 받기로 한 것은 외환위기로 회사의 사정이 흔들리던 90년대 후반이었다. 비슷한 처지의 2, 3세들이 다들 가업을 잇는 분위기에서 유달리 개성이 강했던 세현이었다. 그런 세현을 아버지는 가만히 지켜보기만 했다. 교수 출신으로 슘페터의 창조나 하이예크의 자유라는 낱말들을 입에 달고 사셨던 분이었으니 세현이 하는 일도 21세기의 경영에는 필요한 덕목이라 여기셨는지도 모른다.

그러던 어느 날 세현이 모처럼 아버지에게 취업 청탁을 할 일이 생겼다. 경영과 거리를 둔 진로 선택으로 웬만하면 아버지께는 아쉬운 소리 하지 않고 살아온 세현이었으니 모처럼의 부탁이었다. 영화 현장에서 만나 절친해진 후배인데 가계를 온전히 책임진 형이 갑자기 실직하여 생계에 큰 곤란을 겪고 있었기 때문이다. 아버지는 잠시 생각해보더니 그 자리에서 비서에게 전화를 넣었다. 그러자 그 이튿날 바로 채용이 확정되었다.

　덕분에 후배에게 큰 사례를 받은 세현이 난감해진 것은 일주일 후였다. 영화 현장에서 한창 리허설을 하던 세현에게 웬 여자가 찾아와 무릎을 꿇고 눈물을 흘렸다. 사연을 들어보니 세현이 밀어넣은 후배의 형 대신에 자리를 비우게 된 직원의 아내였다. 도대체 어떻게 알고 왔는지, 화가 난 세현은 아버지께 단단히 항의를 했다.

　"보기보다 회사가 좁고 말은 많다. 다른 사람의 자리를 차지하는 게 그리 쉬운 일은 아니다. 밥줄을 쥘 각오라면 그 정도는 감수해야지."

　저녁때 식사 자리에서 뵌 아버지는 담담했다.

　"그렇다고 굳이 기존 직원을 내칠 건 뭐랍니까? 자리를 하나 새로 만들면 될 것을요."

그 말에 정색을 한 아버지가 세현을 바로 쳐다보았다.

"비록 우리 회사가 중견으로 분류되고 있긴 하다만, 인사 청탁마다 자리를 만들면 회사가 온전할 듯싶으냐. 도저히 그렇게는 하지 못한다. 그리고 그 직원 건은 신경 쓸 것 없다. 굳이 한 사람을 내보내야 한다면 그 사람이 순위권이었으니. 어련히 인사 부서에서 조치했을라고."

"그럴 것 같았으면 경력직 말고 문제가 없는 신입사원 자리라도 주시지……."

"너도 영화를 하였으니 원하든 원치 않든 많은 장면을 찍을 것이다. 그러면 찍은 그 필름 모두 이어붙여 작품을 만드느냐? 내가 비록 영화는 잘 모른다마는 아마도 그렇지는 않을 것이다. 세상에는 불필요한 것들이 있고 눈물을 머금고 잘라버려야 할 일이 있는 것이다. 그래야 남은 것이 아름답다. 그리고 신입사원 자리라고 했느냐? 그렇다면 넌 단순히 시간을 채우기 위해 아무 장면이나 찍어 끼워넣느냐? 이 역시 그렇지는 않을 것이다. 넌 네 자신이 원하는 결과를 위해 이리저리 최선의 장면을 찾아낼 것이다. 오너가 그런 정신으로 찾아내는 것이 신입사원의 자리다."

경영자로서의 아버지의 말은 단호했다. 그러나 이미 젊은 여자의 눈물을 본 세현은 이대로 물러설 수 없었다.

"그러면 네가 직접 그 부서의 상황을 살펴보고 만약 새로이 필요한 일감이 있어 건의를 한다면 자리를 하나 더 만들도록 하마."

아버지의 타협안이었다. 아버지의 말에 따라 세현은 모처럼 회사의 상황을 살피기 시작했다. 그리고 그것으로 경영이란 것에 흥미를 갖게 되었다. 영화 못지않게 경영을 통해서도 보람 있는 무언가를 창조할 수 있다는 것, 그게 세현에게 강한 매력으로 다가온 것이다. 더군다나 그게 많은 사람들의 일자리를 만들고 유지시키는 일이기에 더욱 사명감을 느꼈는지도.

아버지께 "기업의 경영에도 창조의 영토가 있다"라는 말을 들은 것도 그즈음이었다. 그 뒤로 영화에서는 자연스레 거리가 멀어지게 되었지만, 가끔 기업 이미지광고나 CF 같은 것에 적극 관여하는 것으로 영상에 대한 위안을 삼곤 했다.

아무런 선입관 없이, 자신이 지향하고자 하는 어떤 가치를 위해 편견을 깨트리고 새로운 돌파구를 찾는 것. 이것이 세현이 가친으로부터 배운 경영 철학이었다. 마치 경영의 '경' 자도 모르던 그가 일주일간의 밤샘 끝에 그 부서에서 모두가 인정하는 이상적인 프로젝트를 찾아, 회사의 규모를 확장하고 새로이 일자리를 마련했을 때 느꼈던 희열처럼.

그러니 훗날 문득 이 모든 과정이, 그러니까 굳이 인사 청탁의 자리를 내주기 위해 다른 직원을 대기발령시키고 그의 아내를 자신에게 찾아가게 만든 것까지가 어쩌면 아버지의 계획, 그러니까 영화식으로 말하자면 잘 짜여진 각본이라는 생각도 들었지만, 그렇다 해도 세현은 아버지를 이해할 수 있었다. 여하튼 그 직원은 원래의 자리로 복귀하고 세현 역시 그 사건을 계기로 새로운 나침판을 발견하게 되었으니.

그런 생각을 하며 세현은 멀리 인도양에 있는 크리스마스 섬을 생각했다. 항상 도전하며 새로운 영토를 찾는 것, 그게 세현이 적도에 존재하는 이 섬을 선택한 이유였다.

2

이 아름다운 섬에 비극이 벌어진 것은 크리스마스를 열흘 앞둔 12월 15일, 현지 시간으로 오전 여섯 시였다. 호주로 밀입국하려던 난민들을 태운 배가 크리스마스 섬 앞바다 절벽에 부딪혀 침몰했다. 절벽의 높이는 8미터였다. 난민선에는 이른바 보트피플이 백 명가량 타고 있었는데 최소한 절반이 목숨을 잃은 것으로 추정됐다. 구조요원들은 "서너 살짜리 아이들이 부서진 배를 붙잡고 울부짖었다"며 "아이들이 수영을 할 줄 몰라 구명튜브를 던져줬는데도 잡지 못해 물에 휩쓸려갔다"고 상황을 전했다.

호주로 밀입국하려는 난민들은 주로 이란, 이라크나 아프가니스탄 같은 분쟁국가나 스리랑카의 핍박받는 소수민족 출신이다. 호주 정부에서는 난민의 무분별한 입국을 막기 위해 '크리스마스 섬 이민수용소(Christmas Island IDC)' 시설을 설치, 확장하며 수용 정원을 대폭 늘리고 있다. 호주 정부의 발표에 의하면 사고가 난 올해에만 난민선 126척이 호주로 왔고 2,971명이 크리스마스 섬 수용소로 보내졌지만, 야당 측은 수용된 사람의 수가 그 두 배에 가까운 5,400명에 이른다고 주장했다.

해마다 증가하는 난민들은 호주 정부의 골칫거리다. 지난해 난민선이 난파 위기를 맞아 호주의 해상당국에 구조를 요청했을 당시에도 호주 총리는 인도네시아 대통령과 긴급 정상회담 끝에 인도네시아가 난민들을 수용하게 하였다. 호주 정부는 인도네시아의 난민수용소 운영 비용을 내주는 대신 난민들이 자국으로 들어오지 못하게 하는 정책을 시행하고 있었다. 이른바 '퍼시픽 솔루션(Pacific Solution)'이었다. 그런데 난민들이 인도네시아 대신 호주 입국을 강력히 희망하자 묘안으로 내놓은 것이 호주령이긴 하지만 인도네시아에 가까운 외딴섬에 난민들을 몰아넣는 방안이었다.

크리스마스 섬의 수용소는 누가 봐도 교도소에 가까웠다. 인권단체의 거센 반발이 있었고, 호주 인권위원회조차도 수용시설이 교도소와 같다는 보고서를 발표했다. 일부에서는 이른바 백호주의라는, 원주민인 애버리지니를 격리하고 박해하던 시절의 인식이 남아 있다고 지적했다. 여하튼 크리스마스 섬의 수용소는, 난민 아이들이 축구공을 가지고 놀도록 들여보내달라는 인도적 요청도 보안상의 문제로 거절하는 등 엄격한 관리가 유지되고 있다.

봄의 바다는 차가웠지만 생각보다는 견딜 만했다. 오케이컷 신호가 떨어지자 튜브를 가지고 물속에서 놀던 여자들이 해변에 미리 피워둔 화톳불 주변으로 몰려들었다. 결승 지점에 이른 마라토너를 맞듯 스태프들이 커다란 수건으로 방금 전까지 물속에서 해맑게 웃던 출연자들의 어깨를 둘러주었다. 촬영장 주위로 화톳불뿐만 아니라 온풍기도 여러 대가 가동되고 있었지만 비키니를 입은 여자들은 오들오들 떨고 있었다. 불과 일 분 전만 하더라도 한껏 여름을 만끽하는 표정을 짓고 있었는데. 뭐 어쩔 수 없는 일이다. 공짜 점심은 없는 법이니, 프로의 세계란 이런 거다.

이번에 진행하는 프로젝트는 한 주류회사의 맥주 광고다. 맥주 광고는 한여름이 대세이니 이렇게 초봄에 바다에 들어가는 수고도 감수해야 한다. 기진이 조감독과 함께 현장 모니터로 마지막 컷들을 점검하는 동안 여자들은 화톳불을 쬐며 대기했다.

"광도가 약하고 색감이 떨어지긴 하지만 이 정도는 CG로 커버할 수 있겠고……. 그런데 이건 뭐지?"

화면 멀리, 그러니까 비치볼을 던지는 비키니들 뒤편으로 조그마한 배 한 척이 파도를 가로지르고 있었다.

"어라? 이 구리구리한 통통배는 뭐지? 어제 어촌계에 문의할 땐 이 시간대엔 어선 출항이 없다고 했는데. 아, 짜증나네. 맥주 맛 떨어지게. 감독님, 어떻게 할까요?"

자칫 사전 점검 부실로 한소리를 들을 거란 염려로 조감독의 얼굴이 구겨졌다.

"어차피 바다 빛깔도 썸머 스타일로 화사하게 화면 보정해야 하는데, 그때 이 통통배도 지워버리지 뭐. 조감독이 CG팀 담당자한테 점심 한번 사주라고."

기진이 그렇게 간단히 결론을 내자, 조감독은 스태프들에게 최종 오케이 사인을 주었다. 그제야 비로소 비키니들은 안도의 한숨을 내쉬며 저마다 패딩을 걸친 채 종종걸음으로 해변을 가로질렀다. 여자들이 탈의실로도 이용하고 있는 촬영버스로 향하는 동안 촬영장 철수가 이루어졌다.

디지털로 촬영된 화면은 여름이라고 하기엔 광도가 약하고 배경이 을씨년스럽긴 하지만 출연진들의 연기가 그런대로 생동감 있었으니 나머지는 모두 CG팀이 커버할 몫이다. 비키니 저편으로 너저분한 통통배쯤이야 얼마든지 그래픽으로 날려버릴 수가 있다. 술맛은 CG를 거치면 더욱 좋아진다.

"그런데 왜 맥주광고에는 비키니들의 물장구가 나와야 한다고 생각하는지 광고주들의 고리타분한 머릿속을 들여다보고 싶습니다. 작년에도 물장구, 올해에도 물장구, 내년에도 물장구……."

영화를 꿈꾸다 이 계통으로 흘러들어왔다는 조감독의 푸념이 시작됐다.

"조감독은 아직도 커머셜 필름이 자기 거라 생각해? 광고주

오더가 뭐든 우리는 그걸 만족시켜주면 된다고. 정히 불만이면 취미 삼아 단편이라도 하나 더 찍든지."

"어휴, 이젠 의욕 상실입니다. 단편 찍는다고 뭐 별수 있나요?"

작년까지만 해도 영화에 미련을 못 버리고 공반기면 회사 몰래 단편을 찍던 조감독이었다.

"조감독도 16밀리나 35밀리 찍어봤나? 디지털 말고 필름 말이야."

"아, 전 16밀리 딱 한 번 찍어봤죠. 뭐 요새 필름 찍나요, 돈 들고 귀찮은데요."

"하긴 오늘도 필름으로 찍었으면 감히 어떻게 점심 한번 사주면서 통통배를 날려? 점 하나 지우려 해도 수백 깨졌겠지."

"그런데 감독님, 지난번 크리스마스 섬 프로젝트, 보충 촬영 지시 내려온 거 알고 계세요? 그쪽 이사가 직접 오더 내렸다던데요? 그 이사, 완전 실세라던데요. 어쨌든 이 기회에 관광 한 번 더 다녀오는 거죠."

조감독의 얘기는 어제 팀장으로부터 들은 바 있다. 재촬영 기간도 추가로 받았으니 어려운 일은 아니지만 비용이 상당히 깨질 것이다. 무엇보다도 특성상 현지 촬영이 필요하니 말이다. 생각해보니 현지의 겨울철 산란기도 끝났는 듯싶다. 아직 미적거리는 홍게들이 있어야 할 텐데.

멀리, 팔자에도 없던 인도양에 다녀온 것은 지난겨울이었다. 겨울이라고는 하지만 적도의 1월은 더위가 한창이었다. 한낮이면 35도까지 기온이 올라갔으니 말이다.

사실 크리스마스 섬에 갔을 때, 기진이 찍고 싶은 것은 따로 있었다. 수많은 홍게들이 떼지어 기어가는, 그런 익히 알려진 풍경 말고 좀 다른 무엇에 대해서.

기진은 그 생각을 하자 마음 한구석이 모처럼 서늘해졌다. 방금 전 촬영할 때만 해도 봄의 바다에서 아무렇지도 않았는데. 조감독이 그렇듯이 CF로 대표되는 광고계에 입문하는 사람들의 상당수가 한때 영화를 꿈꾸던 이들이었고, 그건 기진도 마찬가지였다.

지금이야 클릭 몇 번으로 화면의 얼룩을 지워버리는 세상이 되었지만, 기진은 필름으로 영화에 입문한 마지막 세대였다. 그가 말단이라 할 수 있는 촬영부 서드로 상업영화에 입문할 때 오야지인 촬영감독은 어느 술자리에선가 자신은 사과 하나를 찍기 위해 1만 피트의 필름을 썼다고 했다.

데생의 정물처럼 사과 하나를 카메라 앞에 두고 실내와 야외에서, 그리고 실내만 하더라도 형광등이나 백열등처럼 서로 다른 색온도 조건에서, 그리고 야외에서도 기후 상태에 따라 각 시간대별로 광량을 달리해가며.

"자네들은 그거 아나? 그렇게 찍다 보면 피사체를 보는 어느 순간, 인화되는 색감들이 고스란히 망막에 맺히는 거야. 그 느낌을 뭐라고 설명해야 할까? 영 젬병이었다가 영어를 끝내주게 잘하게 된 친구놈이 언젠가 그러더군. 외국어는 어느 순간 그 언어의 실핏줄이 고스란히 머릿속에 떠오르는 때가 있다고 말이야. 딱 그 느낌이지……."

오야지인 촬영감독은 그렇게 1만 피트를 촬영하며 정리한 자신만의 촬영수첩이 있다고 했다. 겨울 새벽의 바닷가에서, 봄밤의 가로등 밑에서, 장마철 버스 안에서, 이렇게 정리된 1만 피트. 기후와 시간, 장소와 특징적 인상의 순으로. 그러나 이렇게 세심했던 아날로그의 시절은 클릭 한 번으로 화면 보정이 가능한 디지털의 도래에 따라 세월의 저편으로 스러져버렸다.

결국 오야지는 영화에서 손을 털었다. 빛이 필름의 표면에 스며들어 화학작용하며 이미지를 아로새기던 시절의 감수성으로는 디지털 액정의 차가운 픽셀을 견디지 못한 것이다. 그리고 그의 마지막 도제로서 기진 역시 어떤 종류의 비애 끝에 촬영감독으로의 입봉을 이루지 못한 채 광고계로 흘러들어온 셈이다.

그건 어떤 이유였을까. 기진이 영화를 접은 이유는. 좀 더 버텼더라면 어떡하든 입봉 감독이라는 타이틀은 얻어낼 수 있었을 텐데.

봄날의 해변에서 기진은 천천히 그 생각을 했다. 해안가 횟집, 늦은 점심을 먹느라 소란스러운 스태프들 사이로, 좁고 물때 낀 수족관에는 몇 마리의 광어가 버금거리고 있었다. 그리고 물새들은 한쪽 하수구에 몰려 앉아 버려진 물고기의 내장을 허겁지겁 쪼고 있었다. 기진은 물새들을 보자, 명랑한 크랩송에도 불구하고 자동차 바퀴에 으스러졌다가 닭들에게 쪼이곤 하던 홍게들이 떠올랐다. 어떤 길을 선택하는지 그리고 그 길에 어떤 장애물이 있는지는 각자가 감당해야 할 운명인 셈이던가.

저 멀리 바다 중간, 탈색한 붉은 부표들만이 삶의 적당한 위험 경계를 말해주었지만 아직은, 그리고 아마도 앞으로도 아무도 그것을 미처 알아보지 않거나 혹은 신경 쓰지 않을 것이다.

기진에게 불규칙한 해안선은 느닷없는 편두통으로 다가왔고 끊임없이 반복되는 생계의 파도는 그를 지치게 했다. 기진이 영화를 접은 것은 결정적으로 피곤함 때문이었다. 아니, 여자 문제였다. 그녀는 기진의 불규칙한 삶과 결국 어울리지 못했다. 아니, 이해는 했지만 끝까지 견디지는 못했다. 설혹 기진이 촬영감독으로 입봉한다 해도, 그건 어디까지나 기진의 자족감을 충족시킬 뿐, 경제적인 안정과는 꽤나 거리가 먼 것이 원인이었을 것이다.

간절히 아이를 원했던 그녀는, 역설적으로 아이를 사랑했기에 아이를 낳지 못했다. 앞으로 세상에 나올 아이를 위해서는 최소한의 적당한 수입이 필요했지만 기진의 연봉은 언제나 불규칙적이었다. 그건 기진이 스스로 정한 삶의 성공 기준이라 할 수 있는 입봉 감독이 되어서도 마찬가지였을 것이다.

뒤늦게서야 기진은 그런대로 안정적인 수입이 보장되는 광고계로 이직을 했지만, 말 그대로 너무 늦은 일이 되어버렸다. 그리고 어쩌면 기진만의 촬영수첩에 그런 후회가 남몰래 새겨져 있을지도 모른다.

기진이 크리스마스 섬에서 정말로 찍고 싶었던 것은, 각각 한쪽 집게가 떨어져나간 홍게 둘이 서로 얽혀서 바다로 향하는 장면이었다. 과연 그런 일이 가능할까. 이번엔 시간이 충분하니 크리스마스 섬에서 그렇게 위풍당당한 삶의 행진을 보고 싶다는 생각을 했다.

'봄날, 새벽. 색온도 7,900K. 눈을 떠보니 그녀가 없는 빈방. 나름대로 짐을 챙겨 떠났으나 병원에서 마지막으로 찍은 초음파 사진만이 휴지통에 찢겨져 있다. 미처 잡아주지 못한 손가락이 푸르뎅뎅한 색온도로 가없이 차오른다. 만약, 재촬영이 가능하다면, 활기차고 명랑하게.'

3

크리스마스 섬의 인구는 이천 명가량이며, 북쪽 끝의 플라잉피시코브와 실버시티 등에 거주한다. 오랫동안 지리적으로 고립된 섬의 생태계는 고유한 특징이 발달하였으며, 이 결과 오늘날 학술적인 측면에서도 주목받고 있다. 섬의 전체 면적 135제곱킬로미터 가운데 63퍼센트 정도가 열대우림으로 호주의 국립공원으로 지정되어 있다. 대외적으로는 홍게로 대표되는 관광지로 유명하지만, 크리스마스 섬의 경제를 실질적으로 주도하고 있는 것은 인산염의 채굴과 수출이다.

1615년 최초의 발견 이래 크리스마스 섬의 거주 역사는 인산염 광산 개발의 역사와 일치한다. 19세기 후반 최초의 광산회사가 세워지고 이후 현재까지도 꾸준히 채굴이 진행되고 있다. 섬 주민들 대부분이 호주 정부 소유하에 있는 크리스마스 섬 인산광산회사에서 일한다. 채광된 인산염은 대부분 호주와 뉴질랜드로 반출된다. 섬 남부의 고원지대에서 플라잉피시코브에 있는 항구까지 인산염을 운반하는 철도가 부설되어 있다.

사실 보잘것없는 무인도였던 크리스마스 섬이 개발되기 시작한 것도 1887년 광물학자 존 머레이가 이 섬에 인산염이 존재한다는 사실을 발견하고 나서다. 발견 직후 영국 해군은 이 섬의 영국령 편입을 즉각 선언했다. 19세기 후반 당시 이 섬은 영국 식민지 정부와 영국 인산염위원회(BPC)에 의해 공동 통치되었으며 채굴을 위한 노동자들이 이입되기 시작하였다. 이 섬의 풍부한 인산염에 대한 탐욕은 2차 세계대전 당시 일본의 점령으로 이어진다. 1958년 호주가 이 섬의 공식적인 주권을 행사하게 됐지만 인산염 채굴은 관광과 더불어 여전히 주요한 경제 기반이 되고 있다.

인산염은 죽은 해양생물로부터 침전되어 생성된 광물이

다. 이를테면 석유나 석탄과 비슷한 메커니즘으로 형성되고 이에 못지않게 집착의 대상이 된다. 오랜 세월을 통해 생멸해왔던 생물 유기체들의 삶의 흔적이 오늘날 생존해 있는 인간을 먹여살리는 것은 자연사의 기묘한 카니발리즘과도 같다.

어제 '우리도 당신을 응원합니다 : 홍게의 행진 편'의 반응이 나왔다. 회사 홍보팀에서 여론조사 기관에 외주를 준 정례 기업 이미지 조사였는데, 다행히 결과는 매우 긍정적이었다. 기대 이상으로 호응도가 높았던 것은 역시 떼지어 기어가는 홍게들에 고단한 시청자들의 삶이 투영된 때문일 테다.

어쨌거나 아침 회의에서 팀장은, 상부에서는 벌써 후속 편을 내라고 재촉하고 있다며 밝은 어조로 너스레를 떨었다. 요새같이 뒤숭숭한 때에 좋은 신호였다. 회사 측에서는 나름대로 보안을 유지한다며 쉬쉬하지만 벌써부터 경쟁사와의 합병에 대한 소문이 은밀히 돌고 있었다. 대량 감원까지는 아니더라도 아무래도 중첩되는 분야는 불가피하게 구조조정이 있을 터이니 업무에 있어 긍정적인 결과를 낸다는 것은 매우 고무적인 일이었다.

사실, 지연은 이미 후속편에 대한 아이디어를 가지고 있었다. 이를테면 그것은 '민들레 와인 편'이라고 이름 붙여도 좋을 것이다. 다만 지연이 망설이는 것은, 이렇게 자신의 내밀한 정서를 남들에게 까보이는 것에 대해 어떤 종류의 껄끄러움을 느끼고 있었기 때문이다.

지연이 느끼는 껄끄러움은 일종의 부끄러움이었다. 아니, 부끄러움이 아니다. 어쩌면 그것은 두려움이었다. 떨리는 어조로 자신의 진정을 엿보였을 때 행여나 조소를 받지는 않을까. 하여 그로 인해, 자기 스스로마저 자신의 내밀한 기억에 대해 자신감을 잃어 그 신선했던 체험이 빛을 바래게 될까봐.

지연이 민들레 와인을 처음 본 것도 벌써 몇 해가 되었다. 그 해 봄, 언니는 시골 과수원들을 다니면서 민들레를 많이도 캐왔다.

논두렁이나 들판에 있는 것들과 달리 과수원의 민들레는 크고 탐스러웠다. 아마도 과수원의 충분한 일조량과 비료에 힘입은 것일 테다. 언니가 형부와 함께 캐온 민들레는 거의 열 자루나 되는 분량이었다. 그걸 언니네 집 거실에서 말리는데 주말에 언니네 아파트 문을 열면 흠뻑 민들레 향이 맡아졌다. 덕분에 이제는 백 보 밖에서도 "흠흠, 이 근처에 민들레가 있는걸" 하고 혼 잣말할 정도가 되었다. 마치 한약방에 들어선 것처럼 쌉싸름하게 매운 내를 내며 말라가던 그 잿빛의 꽃잎들.

언니가 그렇게 민들레에 집착한 건 형부의 암 때문이었다. 형부가 암 판정을 받고 치료를 받는데 같은 병동의 누군가가 민들레 달인 즙으로 차도가 있었다는 얘기를 언니가 귀담아들은 후의 일이었다. 그리고 운동 삼아 그렇게 민들레를 캐와 거실에서 말리고 또 그걸 동네 건강원에 맡겨 즙으로 달여 비닐팩 포장까지 해왔다. 그러나 내가 주변에 알아보니 민들레 달인 즙과 항암 치료와는 아무런 상관관계가 없고 결정적으로 형부의 담당의가 "네? 민들레 달인 물이요?" 하고 깜짝 놀라는 바람에 언니의 큰 정성은 모두 헛것이 되어버렸다.

"언니, 그때 그 즙은 모두 어떻게 했지?"

지금도 민들레를 보면 습관적으로 그때 일을 얘기하려는 걸, 순간적으로 목구멍으로 삼켜버리곤 한다. 형부가 결국 돌아가시고, 혼자 된 언니와 다시 살림을 합쳐 한집에 살고 있지만 그때 일은 아무래도 대화의 금기 주제일 테지.

그래도 언젠가 한 번쯤은 홀홀 털어놓고 얘기하고 싶다. 그날 참 좋았다고. 언젠가 언니와 형부와 함께 나들이를 간 날 말이다. 민들레즙 사건으로 시무룩해진 언니가 부쩍 의욕을 잃고 그렇게 그나마 소일 삼아 다니던 과수원 나들이도 점차 줄어들고 형부가 드디어 걸음을 느리게 걷기 시작하던 그해 봄 말이다. 바보 같은 나는 그래도 형부가 다시 일어서겠지 하고 막연한 희망을 품고 있었다.

어쨌거나 그해 민들레가 한창이던 늦봄의 휴일에, 언니네와 나는 멀리 가평까지 나들이를 했다. 걷기도 힘든 형부였지만, 그날은 아주 강하게 소원했던 것이다. 그리고 나들이 며칠 만에 쓰러져 한 달간의 연명치료 후 결국 형부는 숨을 거두었다.

난 지금도 그 마지막 봄나들이가 생각난다. 온 세상이 햇볕으로 포근한데 민들레는 새하얀 눈처럼 반짝거리던 그날 말이다.

"처제, 원래 민들레는 흰색이 토종이야. 몰랐지?"

형부는 소담하게 핀 하얀 민들레를 보며 말했다. 가평의 흙에서는 고소한 냄새가 났고 난 어지간히도 성미가 급해 이미 꽃잎을 떨구고, 손 흔들어 인사하는 것처럼 하늘하늘 꽃대를 흔드는 민들레를 꺾어 그 홀씨들을 남쪽으로 날려 보냈다.

나는 정말 그게 형부와의 마지막 나들이가 될 줄 몰랐다. 억지로 우겨서 나선 외출이란 것도 나중에야 들었다. 하긴 그땐 언니네와 따로 살고 있었으므로 형부가 입원해서 항암제를 맞을 때만 한 번씩 빼꼼하게 병원에 들르곤 했으니.

만약 알았다면 그 민들레 씨앗을 함께 불어보자고 했을 터였다. 그리고 그 씨앗이 아주 먼 곳으로 날아가 다시 새하얗거나 샛노란 꽃으로 움트듯이 형부도, 언니도 그리고 나도 언젠가 모두 죽고 또다시 다른 생명으로 움튼다는 것을 입김을 불어 알려주고 싶었다. 사실 이 바람은 언니가 그 이듬해 형부의 기일 즈음에 민들레 와인을 만들면서 내게 한 말이다.

"설마 했지만, 그게 마지막 외출이 될 줄은 정말 몰랐지. 만약 알았다면 비록 이 세상에 없더라도 난 민들레를 보며 영원히 당신을 기억하겠다고, 그렇게 약속하며 같이 홀씨를 날려 보냈을 텐데."

그날 형부는 가평에서 따온 민들레를 가지고 와인을 만드는 방법을 나에게 알려주었다. 우선 커다란 유리병에 민들레 꽃을 가득 채운 다음 따뜻한 물을 부어 응달에 밀봉하여 재워두기. 그리고 사흘 후 재워둔 물을 베에 거르기. 다음으로 미리 준비한 드라이이스트 용액에 설탕을 섞어 재워둔 물에 붓기. 그리고 마지막으로 발효가 시작되면 레몬 슬라이스를 넣은 병에 나눠 담아 숙성시키기.

그러나 그렇게 만든 민들레 와인을 정작 형부 자신만 맛보지 못했다. 굳어가는 몸을 이끌고 온몸을 적셔가며 자신의 생에서 마지막으로 의미 있는 향기들을 숙성시켰는데 말이다. 결국 형부는 제상에서 그 술을 받게 되었다. 어쨌거나 그 후로 봄이면 언니와 나는 민들레 와인을 만드는 게 형부의 기일을 맞는 연례 행사가 되었다.

민들레 꽃을 따다 보면 꽃대의 수액에 젖은 손이 검게 변하곤 한다. 물로 씻어도 쉬이 지워지지 않는 것은 꽃의 독성 때문이다. 다만 숙성을 시키면 생명이 품어온 모든 독은 희석이 되어 고유한 향기로 변화한다. 그래서였을까, 어느 해 형부의 기일 즈음에 언니의 작은 비밀을 하나 듣게 되었다. 그날 언니는 민들레를 재워둔 물을 베로 거르며 말했다.

"살면서 후회되는 게 하나 더 있어. 오래전에, 그러니까 우리가 신혼이었을 무렵 니 형부네 회사에 문제가 있어 형부가 잠시 휴직을 해야 했던 때가 있었거든. 마침 그때 임신한 걸 알았지만, 차마 형부에게는 말도 못하고……."

자루 아래로 맑은 물이 보석처럼 떨어졌다. 언니는 민들레 거른 물에 설탕과 함께 미리 만들어둔 드라이이스트 용액을 부었다.

"아마 그때가 겨울이었을 거야. 그때 예년처럼 친정에서 김

치를 얻어가는데 택시정류장에서 도저히 차를 잡지 못하겠더라고."

　결국 그날 언니는 한 시간이나 택시를 잡을까 말까 망설였다고 한다. 지하철로는 도저히 안 되겠다 싶어 택시를 타려다 막상 빈 차가 서면 그냥 보내길 반복했다는 것이다.

　"아무리 궁리해봐도 그때는 도저히 앞이 막막해서 낳을 엄두가 안 나더라고. 결국 그렇게 됐어. 나중에야 우리네 형편이 풀리긴 했지만 이미 그 일은 그 와중에 지나가버린 셈이지. 근데 마지막에 연명치료를 거치면서 형부를 보내는데 그게 그렇게 목에 걸리는 거야. 그 사람은 자신이 세상에 다녀간 흔적을 남기지 못하고 영영 가버리는 거잖아. 아니, 그럴 뻔했다는 사실조차 모르고……."

　언니는 레몬 슬라이스를 만들며 얘기했다. 드라이이스트가 들어간 민들레 물은 끝없이 잔거품을 내며 뽀글뽀글, 아주 작은 울음소리를 냈다. 희미하지만, 자신이 지녀온 낱말들을 계속 중첩시키며 흘러가는 세월에 자신의 기쁨과 슬픔, 그리고 경이와 회한을 압착시키는 소리.

　지연은 노트북을 켜고, 프로젝트 파일을 연 다음 제목을 적어

내렸다. '우리도 당신을 응원합니다 : 민들레 와인 편'

지연은 제목을 적은 다음, 책상 서랍 속의 책을 꺼내 한 구절을 조용히 읽어보았다. '시인은 아무런 부끄러움 없이 자신의 경험을 써먹는다. 그들은 그것을 혹사한다.' 책 제목은《선악의 피안》. 언젠가 넌지시 빌려주어 시청한 이세현 이사의 단편영화 제목이기도 했다.

언니의 선택은, 혹은 인간의 어떤 종류의 선택은 온통 기쁘거나 아니면 온전히 회한에 젖은 행위일까. 그날 며칠의 수고 끝에 유리병들에 옮겨 담은 민들레 와인은 말갛게 투명했다. 가지런하게 생동하는 봄 기운을 담은 그 액체들은 오래도록 숙성된 후에야 진정한 맛을 내겠지. 그리고 언젠가 우리는 그걸 마실 것이다.

문득 지연은 언니에게 전화를 해, 올 휴가는 크리스마스 섬에서 보내자고 말하고 싶어졌다. 기어이 해변으로 행진하는 1억 마리의 홍게들을 보면 뭔가 약동하는 생명력이 느껴질지도 모른다. 설혹 자동차에 짓밟히는 게들을 본다 해도 그건 그것대로 의미 있는 독성이리라. 마치 천 송이의 민들레를 따노라면 열 손가락 모두가 잠시나마 검게 물드는 것처럼.

중요한 것은 시간을 이기는 것이다. 그것을 숙성이라고 불러도 좋다. 그리고 다시 한 번 말한다, 언젠가 우리는 그걸 마실 테다. 먼 훗날 크리스마스 섬에서, 홍게의 행진을 보며.

수국의 계절

1

왠지 수국이 생각나는 아침이다. 아마도 이 도시의 아침이 물에 젖어 있어서 그럴 것이다. 왜냐하면 수국은 비의 꽃이며 엷은 그늘과 습기에 어울리는 꽃이기 때문이다. 수국은 여름, 특히 장마철 꽃이다. 그늘이 진 축축한 땅에서 잘 자라며 물을 적게 주거나 공기 중의 습도가 낮으면 잎이 금방 늘어진다. 직사광선을 싫어하여 큰 나무 아래나 담장 밑 같은 반그늘에서 처연한 꽃이다.

이렇게 습기와 그늘에 어울리는 꽃답게 수국의 꽃말은 참으로 우울하다. 흰 수국은 변심과 변덕, 청색의 수국은 냉담과 무정이란 뜻을 가지고 있다. 그나마 분홍빛 수국이 소녀의 꿈이라는 꽃말을 가지고 있지만 이 역시 철없기는 마찬가지다. 아주 간혹 수국의 꽃말이 진심이나 진실이라고 주장하는 애호가도 있지만, 이 또한 변하기 쉬운 인간의 진솔한 면모를 뜻하는 것이라고 새겨도 좋을 것이다.

수국이 재기발랄한 모양새와 달리 이렇게 울적한 꽃말을 가지게 된 것은 자라는 토양의 산성도에 따라 같은 품종이라도 꽃 색깔을 달리하는 특성 때문이라고 한다. 아무래도 직사광선을 꺼리고 다소 음습한 그늘을 애호하는 특성에 덧붙여서 뿌리를 편 토양에 따라 색을 달리하니 말이다.

수국은 흙이 중성이면 흰색, 산성이면 청색, 알칼리성이면 분홍색의 꽃을 피운다고 한다. 옛사람들은 이를 지조가 없다고 보았다. 관점을 달리하면 솔직 담백하다고도 할 수 있겠지만, 여하튼 옛사람들은 그렇게 여겼다. 수국 주위에 백반을 묻고 물을 주면 흰색의 꽃이 푸르게 변하고, 석고가루를 묻고 물을 주면 며칠 사이에도 꽃잎이 붉게 변한다. 그래서 수국은 또한 칠변화라고도 한다. 백락천이 지어준 자양화라는 이름이 무색한 힐난이다.

안(安)이 수국의 꽃말에 대해 듣게 된 것은 사범대에 들어가

방학이면 근처 학원에서 보조강사로 아르바이트를 할 때였다. 당시 근무하게 된 학원 가까이에 꽃집이 있었는데, 여주인의 참한 성품이 눈에 띄는 가게였다. 그러던 어느 점심시간, 식사를 하고 학원으로 돌아오는데 갑자기 비가 쏟아졌다. 그래서 비를 피하려고 되는대로 그 꽃집으로 뛰어들었다. 아무러면 뭔가가 어긋나서 수리를 기다리는 구두가 늘어선 수선가게보다는 예쁜 꽃들이 화사한 꽃집이 잠시 비를 피하기에는 더 좋은 셈이지 않을까.

여하튼 안은 그날 그렇게 꽃집에서 비를 피하면서 파스텔 톤의 꽃잎을 함초롬 뽐내고 있는 꽃이 하도 예뻐서 이름을 물어보았다. 애당초 별달리 살 생각도 없었으면서 말이다. 그즈음 막 장마철이 시작되었는데 쏟아지는 비가 너무도 부드러워서였을까, 꽃집 여주인은 다소 젖은 음색으로 수국이라고 꽃 이름을 알려주었다. 어차피 비는 금세 그칠 기세가 아니니 잠시 앉으라는 말에, 안은 수국 사이에 파묻혀 여주인과 이런저런 얘기를 했다. 왜 그럴 때가 있지 않은가, 어느 날은 무슨 얘기든 옛 추억을 가지런히 다듬고 싶은 그런 때.

사연인즉 여주인은 처녀 시절 한 남자를 사귀고 있었는데, 어느 날 그 남자가 꽃다발을 선물했다고 한다. 그런데 문제는 그 꽃이 수국이었다고 한다. 어려서부터 꽃말 외우기를 좋아했던 여자의 언니는 수국의 꽃말이 변심이나 냉담 같은 부정적인 뜻이라고 동생에게 전해주며 센스 없는 남자를 힐난했다는 것이다. 언니의 말을 듣고 보니, 평소에 장점으로 생각했던 우직한 남자의 면모마저 아둔하게 느껴진 여자는 그 후로 그를 점차 멀리했다고 한다. 남자는 결국 마음의 상처를 입고 굳이 다른 도시로 직장을 옮겨버렸는데, 지나고 생각해보니 결과적으로 그 꽃다발이 결별의 이유가 된 셈이었다고 했다.

그 후로 여자는 별로 마음에 없는 사람과 결혼했다가 그마저도 사고로 잃고 결국 홀로 된 몸으로 꽃집을 하며 살고 있었는데, 이렇게 비가 오는 날이면 그해 장마철에 수국 다발을 들고 온 그 남자가 떠오른다는 것이다.

그 시절, 그 얘기를 인상 깊게 들어서였는지 오늘같이 처연히 비가 내리는 날이면 그렇게 수국 사이에서 자신의 사연을 털어놓던 그 꽃집 주인의 젖은 음색이 생각난다.

"그래서 이제는 수국을 선물용으로 팔지 않지요."

안은 멀리 교무실 창밖으로 알록달록하게 움직이는 우산들이 자잘하게 돋아나는 수국의 꽃잎을 닮았다고 생각했다. 하지만 수국은 자신의 모양새와 달리 사람들이 부여한 어떤 선입관 때문에 그걸 의식하는 이들 사이에는 선물용으로 적합하지 않은 꽃이 되어버렸다. 최소한 그 여주인은 그렇게 여겼을 터였다. 하지만 선물용으로 팔지 않을 거면서 그 꽃집에 가득하던 수국들은 뭐였던 걸까. 그리고 내가 수국에 대해 처음 꽃말을 들었을 때 아찔했던 그 기분은 또 무엇이었을까. 안은 비 오는 아침에 교무실의 동료들에게 그런 얘기를 했다.

"안 선생님, 그러면 팔지도 않을 꽃을 왜 가져다 놓은 걸까요?"

"오늘 아침에서야, 그러니까 그때의 여주인의 나이가 된 지금에서야 겨우 그분의 마음을 헤아릴 수 있을 거 같더라고."

꽃집 주인이라고 해서 꼭 팔기 위해 꽃을 다듬는 것은 아닐 터. 때로는 오늘처럼 부슬부슬 비가 오는 날, 그 애상을 잊기 위해 수국이 필요한 사람도 있을지 모른다. 안은 왠지 생각나 출근길에 한 다발 사온 수국에 대해 동료 선생들이 궁금해하기에 그렇게 스무 살 시절의 에피소드 하나를 들려주었다.

그러나 안은 안다. 0교시 자습 시간을 이용한 한담에 꽤나 많은 윤색이 있었다는 것을. 진실은 이런 거다. 사실, 안은 학창 시절에 그런 꽃집 여주인을 만난 적이 없다. 따라서 그 분위기 있는 주인에게 그런 신파조의 사연을 들었다는 것도 거짓말이다. 진실은, 안이 학창시절에 멋모르고 수국을 선물했다가 마음에

둔 여자로부터 실연을 당한 적이 있었다는 것이다.

그리고 그로부터 오랜 시간이 흐른 후에, 아직도 미혼의 몸으로 꽃집을 운영한다는 그 옛 여자친구의 가게에 몰래 가본 적이 있었다는 것이다. 물론 감히 들어가진 못하고 먼발치에서 물끄러미 바라만 보고 돌아왔지만 말이다. 그때도 오늘처럼 여름이었고, 비가 내렸다. 그리고 그 꽃집 앞에는 예전에 안이 선물했던 빛깔의 수국이 한 무더기 피어 있었다.

아니 아니, 이것도 거짓말이다. 안에게 그런 여자친구가 있었던 적이 있을 리가 없는 것이다. 따라서 십여 년 전 어느 날, 한 대학병원 근처 꽃집이 보이는 길 건너편에 서서 무조건 네가 보고 싶었다며 전화할까 말까 망설이던 적도 없었던 것이다. 아니 아니, 그것도 아니다. 그저 오늘 아침 처연히 내리는 비를 보니, 갑자기 수국이 생각났을 뿐이라고 안은 생각했다.

2

아주 오래전, 희(希) 역시 스무 살이었다. 스무 살보다 더 오래 살아온 사람들은 누구나 그 시간을 기억한다. 그리고 자신이 그 시절로부터 떳떳하게 진화한 존재라고 은근히 뻐기곤 한다. 그러나 그런 자신감은, 사실 아무런 의미가 없다. 왜냐하면 누구나 스무 살을 겪지만, 그 시절을 현재와 중첩해서 소유하는 건 아니기 때문이다. 희가 가르치는 음악에 빗대어 말하자면, 한 소절의 멜로디는 각각 독립된 음표들의 집합이지 한 음표의 연장이 아니라는 점이다.

다시 말해 희의 주장은 이런 거다. 누구나 스무 살을 지나오지만, 그 시절의 당신은 지금의 당신에게 있어 전혀 다른 타인이라는 것이다. 사람은 누구나 잠이 드는 순간 다른 평행우주로 떠나곤 한다. 그리고 에너지의 등가교환법칙에 따라 다른 우주로부터 흘러들어온 말랑말랑한 단백질과 칼슘이 당신의 형체를 만들고 떠난 이의 기억을 이어받는다. 그리하여 잠이 깨는 순간, 당신은 그 자신이 어제의 당신이라고 착각하며 하루를 시작한다.

여기서 희가 강조하고 싶은 것은 사람은 오늘을 위해 살아야지, 과거의 자신을 위해 살아서는 안 된다는 것이다. 사실 희는 안의 얘기를 들으면서 적지 않은 각색 부분을 찾아낼 수 있었다. 아마도 그 꽃집 여주인은 안 자신의 페르소나에 대한 불안정한 변주였을 것이다. 사실 희는 며칠 전부터 한참을 멍하니 앉아 있곤 하는 안을 몰래 눈여겨보고 있었다. 이제는 동료 선생님이 되었지만 희에게 안은 학창시절의 은사이자 남몰래 연모했던 첫사랑이었기 때문이다. 애당초 전문 연주자가 되려는 목표도 없지 않았으나 희가 굳이 까다로운 교직과정을 거쳐 교직에 종사하게 된 것도 순전히 안 때문이었으니, 그의 모든 것이 관심사항이었던 것이다.

당연히 며칠 전 안의 책상에 낯선 봉투가 놓여 있을 때도 여느 때처럼 몰래 살펴보았다. 전시회 초대장이었는데, 겉면에는 안의 이름과 함께 보내는 이에 낯선 여자의 이름이 적혀 있어 다소 우울한 기분에 며칠째 의기소침해 있었던 희였다.

그런데 오늘 아침에는 안이 센티멘털리즘에 빠져 되지도 않는 수국 얘기를 늘어놓는 것을 보니 다소 분하기도 하고, 한편으로는 오래 품어온 짝사랑에 대한 회의가 밀려왔다. 생각해보니 자신이 뭐가 모자란 게 있다고, 때로는 은근하게 때로는 노골적으로 연모의 신호를 보내도 언제나 털털 웃는 것 한 번으로 무마되며, '한 번 제자는 영원한 제자' 취급만 받으니 말이다.

"선생님, 이거 뭐예요? 어라, 전시회 초대장이네요?"

희가 안의 책상 한쪽에 놓인 봉투를 집어 들며 정공법을 택한 것은 한순간 느낀 분한 감정 때문인지도 모른다.

"그러잖아도 부탁할 게 있는데 혹시 이번 주말에 시간 되는 지? 다른 사람에게 부탁하기엔 좀 그런 일이 있어서……."

그래서였을까, 안은 혹시 시간이 되면 전시회에 같이 가자며 부탁할 일이 있다고 했다. 십여 분에 걸쳐 안의 부탁이란 것을 찬찬히 들은 후에 희는 이것을 어떻게 받아들여야 할지 곰곰이 생각하기 시작했다.

3

아주 먼 곳에서 혜성 하나가 태양계로 파고든다. 혜성은 카이 퍼 벨트를 지나, 마치 장맛비의 첫 호흡이 방풍림을 지나서 해안 가 마을에 서 있던 한 소녀의 폐를 파고들듯이, 혹은 옛 트로트 의 촌스러운 한 소절이 어느 날은 웬일로 마음속에 따사로운 체 온으로 스미듯이.

마치 꽃의 줄기를 자를 때 원예용 가위에 속한 쿼크 하나가 식물에 속한 엽록소와 엽록소 사이로 날아드는 것처럼. 최초로 하나가 파고들고, 어리둥절하는 사이에 다음 쿼크, 그리고 다음 쿼크.

아마도 사람과 사람 사이의 감정이 그럴 것이다. 타인의 마음에 속한 분자 하나가 가장 가까운 프록시마 켄타우리 별에서 출발한 것처럼 먼 길을 날아와 한 인간에게 섞인다. 처음엔 생경하고도 날카로운 입맞춤, 어리둥절하는 사이에 점점 더 부드럽게.

떠날 때도 그렇다. 수조 개에 수조 개를 제곱한 것만큼 수많은 쿼크가 지나는 동안 그 행렬이 영원할 줄 알았지만, 언젠가 쿼크 하나가 지난 후에 문득 이어지는 무한한 침묵. 마치 교향곡의 마지막 음표처럼 장마철의 마지막 호흡이 폐 속에서 흘러나와 흔적 없이 소멸되듯이. 그리고 그 순간 꽃은 영원히 두 개의 존재로 갈라지듯. 그건 한 사람이 아무 말 없이 먼 곳에서 마음의 현상을 해석하는 순간, 다른 누군가는 그걸 몰랐던 순간.

영(影)은 전시회 준비를 하는 내내 안에게 초대장을 보내야 할지 말지를 고민했다. 서울에 와서야 영은 안의 근황을 한 다리 건너서 들을 수가 있었는데, 망설이다 초대장을 보낸 건 전시회를 불과 하루 앞둔 날이었다.

영이 안을 처음 본 것은 해안도시의 바닷가에서였다. 이혼한 뒤 어렸던 영을 데리고 줄곧 혼자 살아온 어머니에게, 영의 외삼촌이 이제 충분한 시간이 흘렀으니 비슷한 처지의 좋은 사람을 소개시켜주겠다고 말을 건넨 참이었다. 이미 사춘기가 지나 외롭다는 감정이 뭔지를 알게 된 영으로서도 적극 찬성하는 입장을 보여, 그해 여름 외삼촌의 주선 아래 양가 가족들이 상견례를 겸한 자리를 가졌다.

새아버지가 될 사람의 하나뿐인 아들이자 영에게는 오빠가 될 사람이 바로 안이었다. 안은 처음부터 영의 마음에 선명한 화인을 남겼다. 어린 시절 아무 생각 없이 쇠 난로에 손을 뻗치다가 벌겋게 달아오른 온도에 화들짝 손끝에 화상을 입었던 선명한 기억처럼, 그렇게 영의 마음에 뭔가가 또렷하게 들이닥친 것은 여중생 시절 별생각 없이 방학 과제로 서울의 미술전에 다녀왔다가 영영 화가의 꿈을 품게 된 이후로 처음이었다.

그건 무엇 때문이었을까. 상견례를 겸한 식사를 마친 후, 오지랖 넓은 외삼촌의 "이왕 여기까지 왔으니 누이네에 가서 사는 형편도 보고 차나 한잔하고 가게나"라는 말과 함께 안이 아버지와 같이 영의 집에 들르게 되었는데, 그때 그는 습작으로 그리던 영의 유화를 한참이나 쳐다보았다.

안이 가고 나서야 영은 자신의 작품 앞에 딱지 모양으로 접힌 메모지를 보게 되었다. '그림을 보니 공기가 질기게 느껴집니다. 투명한 식빵으로 된 대기를 헤쳐나가는 기분이 들었습니다…….' 이렇게 시작하는 단출한 몇 문장이었다. 영은 누군가에게 자신의 그림에 대한 평을 듣는 게 처음이었다. 'P.S. 난 네가 맘에 쏙 들어. 넌 백만 년 전부터 내 동생이었을 것 같아. 너는 어떠니?' 딱지 메모는 그렇게 끝나 있었다.

서로 사는 생활권이 달라 한 일 년 정도 두고 보다가 정식으로 결혼을 하는 것으로 얘기된 후로, 안은 주말이면 새아버지가 될 분과 함께 영의 집으로 와서 묵고 가곤 했다. 그러나 불행히도 그 기간은 오래가지 못했다. 영의 어머니에게서 불치의 병이 발견되어 자연스레 합가는 없던 일이 되었기 때문이다.

그 후로 안과의 공식적인 관계는 끊겨야 했겠지만, 영이 서울로 진학한 후에 둘의 만남은 이어졌다. 물론 오누이에 준하는 형식은 지키면서 말이다. 그건 운명 같은 것이었는지 모른다. 이후 영은, 대학을 졸업하고 그림을 더 그리기 위해 외국으로 나가게 되었다. 재학 중에 어머니도 돌아가셨으니 별달리 걸리는 일은 없었다. 고향의 집과 소소한 부동산을 정리하니 얼추 이모가 계신 캐나다에서 지내면서 소박하게 공부하고 그림을 그릴 여건 정도는 됐던 이유도 있었다.

그러나 그렇게 오래 있을 줄은 몰랐다. 거의 십 년 만에 전시회를 겸해 귀국한 것이니 말이다. 영은 외국에 있는 동안 때때로 생각했다. 자신이 커다란 무리를 해가면서 출국한 이유는, 어쩌면 그림에 대한 애착 때문만은 아니었을지도 모른다고.

'이제 서른도 중반이 훌쩍 넘었으니 당연히 결혼은 했겠지?'
영이 처음 귀국할 때 안의 근황을 알아보면서 자연스레 떠올린 생각이었다. 그러나 곧 들려온 소식은 아직 독신이라는 것이었다. 영은 언젠가 선물로 주기 위해 그림을 포장했던 것처럼 큰 용기를 내어 안에게 초대장을 보낸 셈이었다. 오래전 영을 백만 년 전부터의 동생이라고 불렀던 그녀의 안에게 말이다.

4

안은 망설임 끝에 희와 동행하여 전시회에 참석하기로 했다. 전시회에 참석해서 만약 영이 결혼했다는 것을 알게 된다면 희를 약혼자로 소개하기 위해서였다. 안은 어쩐지 그렇게 하는 것이 영에 대한 적절한 배려라고 생각했다. 왜인지는 모른다. 그저 그렇게 해야만 할 것 같아서였다. 물론 전시회에는 각자 시차를 두고 들어가고 나중에 약혼자로 소개할 상황이 생기면 안이 희를 부르기로 말을 맞추었다.

오히려 걱정은 만약 영이 독신이라고 하는 경우의 상황이었다. 사실 이 경우에는 딱히 준비된 시나리오가 없었다. 아마도 조심스레 마음을 내비칠 터였다. 과연 그럴 수 있을까? 여하튼 안은 그저 무작정 영이 보고 싶었기 때문이다. 그 밖의 다른 생각은 건너뛰고 싶은 게 안의 솔직한 심정이었다.

다소 황당한 부탁이었지만, 희는 조용히 부탁에 응했다. 사실 부탁할 만한 학교의 다른 여선생도 있지만 이런 일로 다른 사람의 구설수에 오르는 것은 내키지 않는 일이었다. 그에 반해 제자였던 희라면 얼마간의 부담은 덜어진 셈이다.

영을 만난다는 생각에 신경이 날카로워져 있다가도 희를 생각하자 미소가 절로 지어졌다. 희는 항상 사람을 편안하게 해주는 재주가 있었다. 적어도 자기에게는 그랬다. 언젠가 음대에 막 입학한 직후, 자신도 교직이 꿈이라며 의논하러 오던 모습이 생각났다. 그때부터 성심성의껏 교직 이수에 대한 노하우를 알려주고 임용고시를 준비할 때도 여러 가지로 공부를 도와줬던 터였다. 항상 어리게만 느껴지던 옛 제자가 어느덧 이렇게 자라 자신과 같은 학교에서 교편을 잡고 학교 생활에도 적응을 잘하고 있으니 큰 보람으로 생각되었다.

생각해보니 한때 영도 교직에 마음을 두었던 것 같다. 그러나 그 당시 안은 교단 생활을 시작하고 있을 때였음에도 불구하고 영의 진로에 대해서는 제대로 코치해주지 못했다. 어쩌면 그 시절, 영을 볼 때마다 일말의 죄책감이 느껴졌기 때문이다. 언젠가 뜬금없이 영의 어머니가 아무래도 서로 맞지 않는 것 같다는 말과 함께 주말마다 내려가던 방문을 이제는 거절한다고 전해왔을 때 눈치챘어야 했는데, 안은 영이 찾아와 엄마가 췌장암이라며 펑펑 울 때에야 그간의 사정을 알게 되었다.

사실 그동안 안은 영과 한 가족이 된다는 게 그렇게 반가우면서도 동시에 다른 한편으로는 뭔가 묵직한 아픔 같은 게 느껴졌는데 그 이유를 몰랐었다. 그러나 영이 자신의 어깨에 기대어 흠뻑 울다가 내려가고 나서야, 자신의 명치끝에 걸려 있던 그 막막한 돌멩이 하나가 차분하게 씻겨나가는 것을 느꼈다. 안은 영의 어머니의 불행을 가슴 한편으로는 다행이라 받아들이는 제 자신이 너무도 생경했고 또 무서웠다. 그래서였을까, 안은 한동안 이상하게 영이 두려워졌다. 아니, 미치도록 그리웠다. 하여 서울의 대학병원에 입원한 어머니의 병간호로 핼쑥해진 그녀를 보면서도 안됐다는 마음과 동시에 스스로도 믿기지 않을 정도의 욕망이 솟구치곤 했다.

이럴 수도 없고 저럴 수도 없는 갈등의 상황은 새어머니가 될 뻔한 영의 어머니가 결국은 돌아가신 후에도 계속되었다. 도대체 알 수 없는 것은 그녀, 영의 내심이었다. 만약 이제 영은 실질적으로 천애고아가 되어 의지할 데라곤 오직 자신뿐인데, 그런 사람이 불순한 마음을 가졌다는 것을 아는 순간 영영 그녀를 잃어버릴 것이라는 두려움에 그는 아무것도 할 수 없었다.

그래서 오히려 안이 서둘러서 영의 유학을 채근했는지도 모른다. 한편으로는 영이 가진 재능이 더 넓은 세상에서 꽃피웠으면 하는 마음, 또 다른 한편으로는 해결 불가능해 보이는 문제를 당장에 어디론가 멀리 치워 결정의 시간을 유예시키려는 마음, 그 당시 이 둘 중 어느 편이 더 강렬했는지는 아직도 모른다. 그래도 해답을 원하는 간절한 마음은 있어 출국 전날 안은 용기를 내어 영에게 장난스러운 어조로 가장 소중한 것이 무엇인지 물어보았다.

"제게 가장 소중한 것은 '수국의 계절'이에요. 오빠도 보셨죠? 오빠가 처음 우리 집에 온 날, 마당의 이젤에 놓여 있던 그림 제목이에요……."

안은 그 대답을 듣고 나서 어째서 그 그림인지에 대해 밤새워 고민했다. 영과 헤어진 후, 시내 서점에 가서 찾아본 수국에 대한 꽃말은 모두 부정적인 내용이었다. 가장 긍정적인 해석이 고작 '변화하는 현실에 적응하는 솔직함' 정도였다. 안은 결국 영의 대답에 대해 이렇게 결론 내렸다. 그 그림을 통해 우리가 처음 만났던 날, 그러니까 부모님끼리 상견례한 날을 굳이 거론한 것은 우리를 둘러싼 어떤 인간적인 예의를 잊지 말자는 뜻이라고. 더군다나 안은 그날 '백만 년 전부터 너의 오빠인 것처럼 느껴졌다'는 요지의 쪽지를 주기도 하지 않았던가.

안은 그런 이유로 출국 당일, 공항에서 마지막 인사를 하며 영이 따로 포장해준 그 수국 그림을 일부러 받지 않았다. 어쩌면 그것은 상견례를 상기시키는 수국의 부정적인 이미지와 함께, 굳이 그 그림을 거론한 영에 대한 원망과 더불어 그림을 받으면 영영 영과는 어떤 가족의 형식으로 지내야 한다는 두려움 때문이었을 터였다.

안은 오래전에 고민했던 그런 쓸쓸했던 번민을 떠올리며 갤러리로 향했다. 추적추적 장맛비가 내리는데도 불구하고 주말의 거리는 인파로 가득했다. 갤러리 근처에서 확인해보니, 희는 애당초 약속대로 먼저 갤러리에 도착해 있었다.

영은 서글펐다. 어느덧 전시회의 마지막 날이 되고 말았지만, 안은 보이지 않았다. 결국 오지 않을 생각인가 하여 영은 기운이 빠졌다. 이래서야 무리를 해서 한국에 들어온 이유가 없지 않은 가 하는 마음에 의기소침해 있을 때 안이 전시회장에 들어섰다.

그렇게 만난 안과는 진짜 오누이도, 그렇다고 연인도 아닌 채로 거의 십 년 만에 의례적인 안부를 나누었다.

일단 천천히 그림부터 둘러보라고 하고 나서 안내석으로 돌아온 영은 오랜만에 재회한 안의 모습에 뺨에 붉게 홍조가 드는 것을 느꼈다. 마침 안은 예의 그 그림을 보고 있었다. 영은 안이 오래도록 그 작품을 봐주길 바랐다. 지금에 와서는 당연히 기술적 미숙함과 함께 센티멘털한 치기가 확연히 드러나 보이지만, 자신이 맨 처음으로 완성한 작품, 〈수국의 계절〉을 말이다.

오래전부터 영이 이 그림에 애착을 가진 이유는 오직 하나뿐이었다. 그건 안이 그 그림을 처음으로 작품으로 봐주었고, 그녀가 작가로서 미지의 세계를 헤쳐나가는 데 격려를 해주었기 때문이다. 그래서 십 년 전에 영은 이 그림을 안에게 줌으로써 자신이 지닌 깊은 마음을 표현하고자 했다. 그러나 안은 그것을 정중하게 사양했다. 그때서야 영은 확실히 안이 자신을 한 명의 여동생으로만 바라보고 있다고 느꼈다.

당시 영은 포장까지 마친 그림을 비행기에 들고 탄 후에 얼마나 울었는지 모른다. 그러나 다시 한 번의 기회가 왔다. 오늘에서야 영은 그 그림을 안에게 줄 수 있을지도 모른다. 십 년 전 주려고 한 그림의 포장 속에는 만약 안이 원한다면 최대한 일찍 공부를 마치고 귀국하겠다는 것과, 이제는 오빠를 이성으로 생각하고 싶다는 내용의 편지가 담겨 있었다. 물론 영 역시 딱지 모양으로 접은 편지였다.

의식하지 않는 척 안의 뒷모습을 좇으면서 잠시 옛 생각에 잠겼던 영은, 그러나 전시회장에 먼저 와 관람하던 한 여자가 안에게 다가가 살짝 눈인사하는 걸 보고 한순간에 마음이 무너지는 것을 느꼈다. 작은 동작이었지만 영은 여자의 눈빛에서 오직 사랑하는 사람만을 향해 낼 수 있는 빛을 발견했기 때문이다. 그런 빛을 뭐라고 해야 할까. 그것은 말로 형용할 수 없지만, 빛으로는 묘사할 수 있을 것 같았다. 그건 바로 언젠가 안이 영의 그림에 대해 남긴 단출한 문장을 읽은 후 그녀 스스로가 자신의 그림을 다시 바라봤을 때 느낀 종류의 그런 빛이었다.

투명한 공기가 질겨지고, 사랑하는 사람에게 향할 때는 식빵으로 된 대기를 결 따라 한 줄 한 줄 찢어내듯 그렇게 떨리는 심정으로 헤엄쳐가는 것. 여자의 눈빛은 그런 환희를 품고 있었다. 생각해보니 그녀는 영에게 전시회 작품에 대해 몇 가지를 묻기도 했었는데, 그래서 이 여자가 안의 약혼자란 생각이 더욱 확고해졌다.

그 순간 영은, 태양계로 파고든 어떤 미지의 혜성이 다시 커다란 포물선을 그린 후에 먼 우주로 흘러가는 것을 느꼈다. 그리고 그 순간은 너무나도 길게 느껴졌다.

가장 가까운 이웃 별의 여름 날씨가 어떻게 요동치는지에 대해 무심했음을 아는 순간, 우주와 언어에 대해 불친절했던 것을 아프게 아는 순간, 그것을 아는 순간 어떤 종류의 그리움은 더 이상 다른 사람에게 아무것도 줄 수 없고 또 아무런 의미가 없어진다. 그렇게 혜성은 태양계를 둘로 가르고 다시 먼 우주로 흘러가버린다. 아주 부드럽고 완만한 곡선으로.

처음에는 눈시울 붉어지는 날카로움, 어리둥절하는 사이 점점 더 멀어지고. 마치 시가 한순간 마음을 쪼개고 덧없이 먼 낱말들의 우주로 흘러가버리듯이.

'그래, 어쩌면 당연한 일이지.' 영은 그렇게 생각했다. 수많은 세월이 흘렀으니 용기를 내어 최선의 시도를 해봤다는 것으로 영은 위안하기로 했다. 다행이라면 안의 약혼자가 무척이나 생기발랄해 보인다는 점이었다. 그동안, 그러니까 위니펙에서의 십 년 동안, 그녀는 안이 잘 살고 있나 항상 걱정했었다. 그러니 그걸 확인한 것만으로도 다행이라고 생각했다. 그것만으로도 한국에 온 보람이 있다고 영은 그렇게 위안했다.

"오빠, 내 딸이야. 예쁘지?"

전시회를 둘러본 안에게 영은 갤러리 안내석에 앉아 있던 아이를 소개했다. 아이는 붙임성 있는 목소리로 인사를 했다. 그러자 안도 영에게 한쪽에서 그림을 보고 있는 여자를 불러 약혼자라고 인사를 시켰다.

"안녕하세요. 같은 학교에서 근무하고 있어요."

"약혼자께서 아름다우시네요."

"과분한 칭찬 감사합니다. 그럼 저는 그림을 마저 보고 있을 테니 말씀 더 나누세요."

여자가 자리를 벗어나자, 안이 머뭇거리며 말했다.

"그림 잘 봤어. 나 저 그림 사고 싶은데, 줄 수 있니?"

"당연히 드려야죠. 그러게 예전에 주겠다고 할 때 가져가시지 그러셨어요. 오늘이 전시회 마지막 날이니까 마무리되는 대로 포장해서 보내드릴게요."

"그래, 그림 잘 그리고……. 다음에 전시회 하면 또 보러 올게. 딸이 참 예쁘다."

잠시 후 그림을 받을 학교 주소를 남긴 안은 여자와 함께 갤러리를 나섰다.

"그런데 엄마, 왜 이 아줌마한테 엄마라고 부르라고 했어? 일부러 꼬부랑 발음으로 모르는 아저씨한테 인사도 시키고?"

아까 영이 불러 인사를 시킨 여자아이가 영을 쳐다보며 함께 온 자신의 진짜 엄마에게 묻는다.

"그러게 말이다. 이건 어른들만 알 수 있는 일이니 너무 궁금해하지 말렴. 어쨌든 연습한 대로 잘했으니까 집에 가면서 인형 사줄게."

그렇게 아이를 달래던 엄마가 영에게 다시 핀잔을 한다.

"저 사람이었니? 어쨌든 이제 후회는 없지?"

"그래, 후회는 없어. 여하튼 동창이라고, 오랜만에 귀국해서 이상한 부탁을 해서 미안해."

"그런데 굳이 결혼해서 딸까지 있다고 둘러댈 필요가 있니?"

영은 자신이 맨 처음 그린, 이제는 약간씩 빛이 바랜 수국의 그림 앞에 서서 대답했다.

"우리 나이가 되면 제일 먼저 예의를 지켜야 하는 것이 사랑의 원칙이 아닐까. 상대의 상처를 덧나게 하지 않고 감싸주는 것, 그게 사랑에 대한 예의야."

"넌 정말 그렇게 생각하니? 진짜 사랑이란 게 그런 건가? 나도 딸 낳고 살고 있지만, 아직도 잘 모르겠다."

영은 대답 대신 아까 봤던 안의 약혼자에 대해서 생각했다. 그리고 안에게 인사하던 정겨운 눈빛도. 그걸 영이 가질 수만 있다면……. 그러나 그 기회는 이제 영영 사라져버렸다.

6

희가 선뜻 안의 부탁을 들어주기로 한 것은, 이참에 어떡해서든 그와의 관계를 분명하게 하기 위해서였다. 생각해보면 자신의 선생님이랍시고 나이만 많았지, 여자의 마음에 대해서는 바보인 사람이었다.

안은 동행하여 들어가지만 않으면 된다고 했지만 희는 충분한 시간 여유를 두고 갤러리에 먼저 도착해 그림을 살펴보았다. 그리고 수국을 그린 낡은 그림을 보고 그간의 사정을 대략 짐작했다. 그림 아래에는 '수국의 계절'이라는 표제가 붙어 있었다.

'이게 우리 선생님을 아프게 한 그 수국이란 말이지?' 그림을 보던 희는 내심 전의를 가다듬었다. 그리고 이건 분명 팔 만한 그림이 아니라는 생각에 희는 작가인 영에게 이 그림을 구입하고 싶다고 말을 건넸다.

"죄송하지만 이 그림만큼은 파는 게 아닙니다. 아마추어 시절의 작품으로 개인 소장용이니 양해해주세요."

영의 대답은 희의 예상과 같았다.

"이번 가을에 제가 결혼하는데, 신혼집에 이 그림이 딱 맞을 거 같아요. 어떻게 안 될까요? 정말 소중히 간직할게요."

희는 '이번 가을'과 '결혼'이란 단어를 살짝 강조하며 한 번 더 졸라보았다.

"결혼 기념으로 구입하실 거면 신랑 되실 분과 함께 같이 고르지 그러세요?"

빙고. 이 역시 희가 꼭 원했던 반응이어서 바로 대답했다.

"그러지 않아도 이따 여기 갤러리에서 만나기로 했어요. 그럼 일단 다른 그림부터 천천히 보도록 할게요."

희는 돌아서면서 미소를 지었다. 영은 미처 몰랐겠지만, 희는 진작 와서 영이 자신의 동창과 함께 안에 대해 의논하는 소리도 들었다. 전해 듣기로는 아직 미혼이라고 했지만 혹여 안이 결혼했거나 비슷한 상황이라면 자신도 결혼했다고 할 터이니, 친구의 딸에게 잠깐만 자기를 엄마라고 부르라고 시키라는 말이었다. 생각해보면 같은 여자로서 안된 상황이긴 했지만, 희는 더이상 바라만 보는 사랑은 하지 않기로 결심한 참이었다.

그래서 안이 도착한 후에 여자가 슬쩍 안의 뒷모습을 좇는 걸보며 희는 일부러 안에게 눈인사를 했다. 마침 수국의 그림에 집중해 있는 남자가 보기에는 별다를 것 없는 아주 작은 동작이었지만, 같은 여자가 보기에는 사랑의 마음이 담뿍 담겨 있는 눈빛으로. 뭐, 할 수 없다. 사랑은, 쟁취하는 자의 사랑인 것이다.

"선생님, 이제 후회는 없으신가요?"

갤러리를 나와 희는 살짝 안의 손을 잡으면서 말했다. 잠시 멈칫하던 안은 고개를 끄덕였다. 정말로 안은 후회가 없을까? 희는 잠시 자신이 없어졌다. 하지만 그녀가 결혼해서 잘 살고 있는 것을 보았으니 이 순진한 선생님은 이제는 어떻게든 마음을 정리할 것이다. 희는 못을 박기 위해 아까 인사를 하던 딸애가 그녀의 우아한 분위기를 쏙 빼닮았다고 연거푸 칭찬을 했다.

"여하튼 이상한 부탁인데, 들어줘서 고마워."

그 말이 서글펐는지 안이 말을 돌렸다.

"아니에요. 별로 어려운 부탁도 아닌데요. 어쨌든 너무 실망하지 마세요. 사실은 저도 선생님의 부탁을 들은 요 며칠간, 사랑이란 게 뭘까 하고 진지하게 생각해봤던걸요."

"아니야, 오늘 정말 고마웠어. 그 애는 잘 살고 있는데, 나만 이 모양으로 혼자 있는 걸 보여준다고 생각해봐. 얼마나 마음 아프겠어? 어쨌든 나 역시 잘 살고 있는 모습을 보여주는 게 그 애를 위해서 내가 최대한 갖출 수 있는 사랑의 예의인 것 같아."

"선생님의 마음이 편해지셨다니 그걸로 된 거죠. 참, 선생님, 아까 수국 그림 정말 맘에 들어요. 앞으로 기회가 되면 선생님과 자주 그 그림을 보고 싶어요……."

그렇게 말하며 희는 살그머니 안의 팔짱을 끼었다.

편해지면 된다고 말은 그렇게 했지만, 이제부터 희가 생각하는 사랑은 그런 게 아니다. 수국에 빗대어서 말하자면, 토양에 따라 자신의 색깔을 바꾸는 꽃의 성질을 단지 환경이나 조건에 의해서 운명적으로 정해지는 것으로만 보는 것은 사랑이 아니다. 사랑은 자신이 뿌리를 편 흙을 탓하는 것이 아니라 상황이 되면 백반이나 석고가루를 교대로 묻어가며 자신이 원하는 빛깔로 꽃 피우는 것. 희는 생각했다. 이게 수국의 계절이다.

우리의 약속이
이루어지기를 기도했다

1

둔탁한 납빛, 허공을 천천히 헤엄치는 청동의 물고기들. 수초처럼 일렁이는 쓸쓸한 밤의 안개와 모호하게 찰랑이는 잿빛 물결. 그리고 위급한 비명과 작은 사이렌 소리.

채윤은 아직도 혼수상태였다. 모 방송사의 삶의 체험 프로그램에 참여했다가 의식불명이 된 지도 벌써 일주일. 데뷔 초의 청순함이 많이 사그라졌다고는 하나, 그래도 채윤은 크게 히트를 친 데뷔작의 여주인공이었으며 그해 이런저런 영화제에서 신인 여우상을 휩쓸기도 했다. 따라서 늦겨울의 추위에도 불구하고 취재진이 연일 병원 휴게실을 점령한 상태로, 드나드는 의사들에게 채윤의 경과에 대해 묻곤 했다. 특히나 주연급으로 한중일 합작영화에 기용될 수 있다거나, 그 작품에서는 지금까지의 청순한 이미지를 벗어던지고 꽤나 에로틱한 모습을 보여줄 것이라는 미확인 소문도 있어 취재 열기는 식지 않았다.

채윤이 사고를 당한 곳은 외국인 노동자의 자녀들을 돌보는 한 사회복지시설이었다. 사고는 촬영할 공간을 확보하느라 비좁은 식당 한구석에 대충 쌓아둔 철제 식탁들이 쓰러지면서 발생했다. 보다 나은 장면을 찍기 위해 급히 방송 장비의 위치를 옮기는 순간, 어지럽게 널린 전선에 얽힌 철제 식탁이 아이들의 식사를 돕고 있던 채윤을 덮친 것이다.

맨 처음 부딪힌 팔목에 생긴 골절은 두어 달 정도의 깁스로 치료할 수 있을 듯했으나 옆으로 넘어지면서 철제 식탁 모서리에 머리를 부딪힌 것이 혼수상태의 결정적 원인이 되었다. 당시 사고 상황을 담은 영상은 이미 뉴스를 통해서도 여러 차례 방송되기도 했는데, 녹화된 상황을 보면 맨 처음 철제 식탁들이 위태롭게 쓰러지면서 위험에 처한 것은 무함마드라는 아랍계 아이였다. 그런데 그 한 호흡의 순간, 채윤이 아이를 밀치면서 대신 깔린 것이었다.

오늘도 채윤의 병실에는 목숨을 구한 무함마드의 어머니가 와서 아랍식으로 기도하고 있었다. 절대안정이라는 팻말이 붙은 채윤의 병실에는 여전히 취재가 통제되고 있었지만, 생명의 은인을 위해 기도하겠다는 걸 말릴 수도 없고, 또 그렇게 위로를 받는 장면이 채윤 자신이나 회사를 위해서도 플러스가 된다는 소속사의 방침에 따라 병원 측의 협조를 얻어 하루에 한 번 짧은 면회를 허락한 것이다.

채윤의 소속사 사장은 방송용으로 무함마드 어머니의 간호 장면을 잠깐 찍으라고 지시하면서 매니저에게 물었다.

"어때? 바깥 상황은?"

"광고 쪽은 지금 난리 났습니다. 채윤 양이 깨어나면 자기네 먼저 스케줄 맞추자고 벌써부터 난리예요."

"뭐, 하긴 미모의 여배우가 어린아이를 위해서 목숨 걸고 몸을 던졌으니 요새 같은 때에 휴먼드라마도 이런 휴먼드라마가 없겠지. 그러지 않아도 요번 프로그램 건도 차기작 계약 앞두고 어떻게 하면 인지도 좀 띄워볼까 하는 차원에서 추진한 거잖아."

사장은 습관적으로 담배를 꺼내 입에 물려다가 병원의 금연 표지에 필터만 아쉽게 매만지며 말했다.

"그러지 않아도 이번 사고가 해외에까지 보도되면서 일본 쪽에서도 계약에 매우 긍정적으로 나오고 있습니다."

"그렇겠지……. 개네들 미담에 좀 약하잖아. 그건 그렇고 저아줌마 아까부터 뭐라고 중얼거리는 거야?"

"아까 연예부 기자들도 물어보던데요, 자기네 조상 대대로 전해 내려오는 옛날 민담이랑, 또 무슨 레바논 시인의 시(詩)랍니다. 요번에 목숨을 구한 애 엄만데 그쪽 출신인가 봐요."

"뭐든 좋은 얘기겠지. 근데 얘는 도대체 왜 이렇게 사고를 쳐서 사람 혼을 쏙 빼놓는 거야? 어쨌거나 전화위복이라고 이제 채윤이만 일어나면 완전 대박인데. 그때까지 기자들 관리 잘하라고."

그렇게 소속사 관계자들이 작게 소곤거리는 와중에도 병실에 앉은 레바논의 여인은 조용한 목소리로, 그러나 끊임없이 조상 대대로 전해 내려오는 옛이야기를 속삭이고 있었다.

2

옛날 옛적, 그러니까 레바논의 200큐빗짜리 백향목이 오래

산 노인들의 지팡이처럼 작았을 무렵, 지중해 바닷가의 작은 읍내에 리디아라는 처녀가 살고 있었죠. 리디아는 흑요석처럼 까만 눈을 가지고 있는 신실한 처녀였는데, 어느 날 읍내에 질그릇을 팔러 나왔다가 시장통 입구의 대추야자 아래에서 한 젊은 음유시인을 보게 되었습니다. 그 청년은 시리아산 홍옥석보다도 더 붉은 입술로 기이한 환상이 불타오르는 이계의 마법과 불사조처럼 그 재 속에서 다시 피어나는 선홍빛 꽃을 노래하고 있었죠.

응당 자비로우신 알라—그 높으신 이름에 백만 개의 별보다 더 빛나는 영광이 깃들기를!—의 은총으로 리디아는 한눈에 사랑에 빠지고 말았죠. 사실 세상의 어떤 소녀라도 지중해의 미풍보다 감미롭고, 홍해라고도 부르는 짓다해의 물결보다도 정열적인 음성을 듣는다면 시리아 사막보다도 더 뜨거운 사랑의 열기에 사로잡힐 게 틀림없습니다.

하지만 어여쁜 리디아는 또한 자애로운 부모로부터 마땅히 정숙한 무슬림 처녀가 갖추어야 할 절제의 미덕을 훈육받은 터였으므로 여느 이교도의 여식들처럼 맨 얼굴을 내밀고 부끄럽게 그의 사랑을 갈구하지는 않았습니다. 대신 리디아는 상의인 카미즈를 단정히 매무시하고, 머리에서 어깨까지 드리운 두파타 숄에 뺨을 밀착시킨 채 더욱 조심스럽게 그 남자의 목울대와 두터운 어깨와 그리고 머리에 두른 경건한 이마마 터빈 사이로 몇 가닥 흘러내린 검은 머리카락을 보았답니다.

그 남자의 늠름한 모습은 다마스쿠스의 높은 성벽보다도 더 군건했고, 그의 눈은 지중해의 푸른 물결보다도 더 짙은 청록빛 보석 주뭇루드처럼 빛나고 있었습니다. 남자는 마즈눈 그 자체였습니다. 마즈눈은 정령이 붙어 신들린 사람, 그러니까 탁월한 시인이나 설교사를 뜻하므로 딱 그 남자에게 어울리는 호칭이었죠. 하여 리디아는 흩날리는 두파타 사이로 그 마즈눈의 노랫말과 음률을 영원히 잊어버리지 않을 정도로 세세하게 자신의 기억 속에 각인시켰습니다.

남자의 이름은 알 와라한이었습니다. 그러나 땅에 묻히지 않고 싹이 트는 대추야자는 없는 법, 남자에게도 시련이 닥쳐왔죠. 알 와라한의 노래가 아랍 전통의 엄격한 시의 형식, 즉 까시다에서 벗어났다는 비난이 가해졌던 거예요. 하여 이 읍내 모스크에서 가장 나이가 많은 성직자 이맘을 모시고 이 마즈눈의 시가 예언자가 정한 규범에 어긋나는지에 대한 토론이 벌어졌죠. 하긴 사모하는 시인의 운율이 완전한 율격인 카밀이나 느긋한 율격인 바시트, 그리고 내달리는 율격인 라말에서 벗어났다는 것은 전통 아랍시에 해박하고 총명한 리디아 역시 잘 알고 있었습니다.

그러나 어찌 알라—그 거룩하신 이름에 백만 가지의 소망보다 더 간절한 소원이 깃들기를!—의 은총으로 지으신 만물의 아름다움을 노래하는 데에 굳이 까시다의 율격이 필요한지요. 그건 세상을 낮과 밤 중에 어느 한쪽만으로 사는 것과 같다고 리디아는 생각하였지요. 하지만 읍내에서 가장 권위를 인정받은 이맘은 이 젊은 시인에게 규범에 맞는 신중한 창작을 요구하며 이렇게 결론을 내렸어요.

"알칼람 알마우준 알무깝파."

시에 있어서 '율격과 운이 있는 말'이란 뜻으로 전통을 존중하라는 뜻이었죠. 그렇습니다. 그건 그날 토론의 결론으로 바람직한 무슬림의 시를 정의한 이맘의 지침이었습니다.

그렇지만 해가 뜰 녘부터 해가 질 녘까지 제 맘껏 빛깔을 물들이는 지중해마냥 자유롭고 싶었던 젊은 시인은 의기소침해진 끝에 결국 노래 짓는 것을 그만두었습니다. 엄격한 율격은 마치 꽉 죄어오는 올무와 같아 이 마즈눈의 영혼에 영감을 주지 못하였던 것이지요. 자애로운 리디아는 이맘 어르신의 지침에 이의를 제기하고 싶었지만, 정작 자신에게는 아무런 자격이 없음을 깨달았어요.

하여 현명한 처녀 리디아가 선택한 것은 성지순례였습니다. 리디아가 태어난 다마스쿠스 근동에서는 여느 무슬림 세계에서와 마찬가지로 성지순례를 마친 사람에게는 남성의 경우 핫지, 여성인 경우에는 핫자라는 호칭을 붙여주었는데요, 이 핫지 혹은 핫자라는 호칭을 부여받은 사람에게는 귀향 후 은혜로우신 알라—그 거룩하신 이름에 백만 권의 책보다도 더 위대한 지혜가 깃들기를!—의 이름으로 한 가지 소원을 얘기할 자격을 주는 관습이 있었던 것이지요.

처녀로서는 두 세대 만에 처음으로 성지순례를 떠나는 것이라고, 마을 여인들의 축복과 더불어 약간의 시샘을 받으며 리디아는 메카로 향하는 걸음을 떼어놓을 수 있었는데요, 암만에서의 몸살이라든가 아라비아사막에서의 밤이라든가 하는 모든 고통도 신실한 신앙과 굳건한 신념으로 이겨낼 수 있었던 것이지요.

이런 리디아에게 첫 번째 시험이 닥쳐온 것은 메카도 이제 열흘 거리에 위치한 메디나 시내에 도착해서였습니다. 그날 밤 애상에 젖은 처녀 리디아는 창문으로 달을 올려다보며 그 음유시인이 노래했던 아네모네 꽃을 생각하고 있었습니다. 레바논보다도 훨씬 북쪽, 그러니까 겨울이면 모든 것이 꽁꽁 얼어붙는 머나먼 이국에서 아네모네는 수북이 쌓인 눈을 뚫고 핀다고 하였지요.

먼 여정으로 고단했던 리디아는 생각했어요.

'그 마즈눈은 정말 그리도 먼 이국까지 여행을 했을까? 그리하여 정말 아네모네 꽃이 빙설을 뚫고 피어나는 것을 본 일이 있을까? 혹여 그리도 먼 곳에서 아네모네보다 더 어여쁜 이교도 처녀를 마음에 둔 것은 아닐까. 만약 사랑에 빠진 일이 없다면 어찌 그리도 사람의 마음을 뒤흔드는 노래를 지어낼 수 있을까?'

밤이슬에 젖은 사막을 내려다보며 리디아가 그런 생각을 하는 찰라, 홀연 진이 나타났습니다. 하지만 지중해의 오래된 항로(航路)만큼이나 신앙심이 굳건했던 리디아에게, 진이란 정령 따위는 알라의 말씀으로 충분히 경계할 수 있었던 터, 크게 놀라진 않았습니다. 대체로 진들이 인간을 미혹하는 요령(妖靈)이기는 하나 알라를 경외하는 신실한 이들도 있으니까요.

진이 말했습니다.

"거룩한 알라의 신도여, 그대의 이름은 무엇이며 또 어디를 가고 있느뇨?"

충만한 용기를 지닌 리디아는 대답했습니다.

"나는 자비롭고 자애로우신 알라의 미천한 종 리디아라고 하며, 핫자의 칭호를 얻고자 메카로 향하고 있는 중입니다."

그러자 진은 물었습니다.

"그대가 핫자의 칭호를 얻고자 함은 금과 은의 이익을 위함인가, 아니면 주변 사람들의 경탄을 자아내는 명예를 위함인가, 혹은 세상을 경륜하는 지혜를 얻기 위함인가?"

신실한 리디아는 잠시 생각하고 이렇게 대답했습니다.

"제가 핫자의 칭호를 얻기 위함은 이익이나 명예 혹은 지혜 때문이 아닙니다. 그것은 거룩하고도 은혜로우신 알라께서 운명 지어주신 사랑을 얻기 위함입니다."

진은 말했습니다.

"그렇구나. 그대가 고백한 그 말의 진실은 그대의 행동으로 증명될 터이니!"

그리고 진은 나타날 때처럼 홀연 연기로 사라졌습니다.

다음 날 아침, 사막을 횡단하는 대상(隊商)들과 함께 출발하려는데 메디아 길거리에 한 어미가 젖먹이와 함께 쓰러져 있었습니다. 상인의 우두머리가 외쳤습니다.

"저 여인네는 히잡도 두르지 않고 부끄러이 맨 얼굴을 드러내니 이교도의 여식이 틀림없다. 저 여식을 보살피다간 이들 아드하에 쓰일 가축을 팔 수 없을 터, 그러니 우리는 번제의 순조로운 진행을 위해 출발하자! 제사에 쓰일 낙타와 양을 공급하는 것 또한 알라의 영예를 위한 일일 터!"

'이들 아드하'란 성지순례의 마지막 날에 소와 양이나 낙타를 도살하여 벌이는 희생제를 가리키는 말입니다. 그러니 제사를 위해 급히 서두르자는 상인들의 말에도 일리는 있었지요.

대상 무리에 섞여 길을 나선 순례자들도 외쳤습니다.

"나는 이번 여행을 위하여 이미 많은 길을 걸어왔다. 지금 지체하면 핫지의 영예를 얻을 수 없을 것이다. 성지순례는 지엄하신 알라께서 명령하신 신성한 의무이므로 응당 길을 나서야겠다. 이 또한 위대하신 알라의 사도 무함마드께서 지시하신 당부일진저!"

마지막으로 남은 소수의 순례자들 역시 꼼짝도 못하고 쓰러져 있는 그 어미에게 이렇게 말했습니다.

"분명 이곳 메디나에도 무슈리크 따위의 이교도나 하라피시를 구제하는 관청이 있을 터, 그대는 그곳으로 가보라!"

그리고 은화 몇 닢을 던져주며 말했습니다.

"이것으로 우리는 이웃에게 자선을 베풀라는 쉬다까의 계명을 지켰노라! 이제 율법도 지켰으니 지엄하신 알라께 더 큰 영광을 돌리기 위하여 성지로 향하도록 하자!"

하긴 다신교도를 뜻하는 무슈리크나 빈민과 고아와 같은 하층민을 의미하는 하라피시에게 보시를 했으니 예언자가 명한 쉬다까의 계명을 지켰다고도 할 수 있죠.

그렇게 상인들과 순례자의 무리는 떠나갔지만, 꼼짝도 못하고 쓰러져 있는 여인과 우는 아기 때문에 리디아는 차마 발걸음을 옮길 수 없었습니다. 그리하여 이 착한 처녀는 메디나 시내에 며칠간 눌러앉아 이 이교도 어미를 간호하며 그녀의 젖먹이를 달랬습니다. 그리고 시간은 쉴 새 없이 흘러 히즈라역(曆)으로 벌써 12월 초이레가 되었습니다. 아직도 갈 길은 까마득히 먼데, 성지순례로 인정되는 기간이 바로 이튿날인 12월의 초여드레부터 단 닷새뿐이니 리디아의 메카행은 이미 물거품처럼 사그라진 것이라고 봐도 좋겠지요. 다행이라면 이교도 어미의 병이 막 나았다는 것뿐.

리디아는 메디나에서의 첫날 밤처럼 달을 올려다보았습니다. 왜 그녀는 몇 달간 그토록 염원해왔던 성지순례의 기회를 이렇게 덧없이 흘려보낸 것일까요? 성지순례를 마쳐야 핫자의 칭호를 얻을 수 있고, 그래야 이맘에 버금가는 권위를 가질 수 있었을 텐데 말이죠. 아마도 그것은 그 음유시인의 노랫말 때문이었을 거라고 생각했습니다. 그는 빙설을 헤집고 피어나는 아네모네 꽃보다도 더 붉은 입술로 무슬림의 사막에나 이교도의 바다에나 편견 없이 햇볕을 비추는 알라의 선한 덕성을 찬양했으니까요.

아마도 연모하는 마즈눈의 그 노랫말 때문에 차마 쓰러진 어미의 곁에서 목 놓아 우는 젖먹이를 두고 길을 떠나지 못했던 거라고 신실한 처녀 리디아는 생각했습니다. 그때였습니다. 또다시 홀연한 연기와 함께 진이 나타난 것은!

진은 말했습니다.

"거룩하신 알라의 신도여, 그대는 왜 그리 구슬피 울고 있느뇨?"

아름다운 처녀는 대답했습니다.

"이교도 모녀의 목숨을 구제하여 알라의 자비를 증거한 것은 다행이었습니다만, 이미 열흘의 시간을 보내어 핫자가 되고자 하는 소망을 이루지 못함을 슬퍼하고 있었답니다."

그러자 진은 말했습니다.

"지엄하신 알라의 충실한 신도여, 그대가 이곳에 머문 기간은 헛된 시간이 아니었노라. 이 열흘의 시간은 그대가 미망(迷妄)으로부터 벗어나 참된 알라의 선물을 간구한 시간이었느니! 그리하여 이미 그대는 분별 있는 선택으로 그대의 용기를 증명함과 동시에 은혜롭고도 자비로우신 알라의 이름을 빛냈노라. 자, 이제 내가 너를 메카의 성벽으로 데려다주겠노라."

진은 리디아를 자신의 옷깃으로 감싸더니 밤하늘의 아라비아 사막을 날아가기 시작했습니다. 리디아는 정신이 혼미한 가운데서도 오른쪽으로 멀리 펼쳐진 검은 바다를 보았습니다.

"거룩하신 알라의 종복인 진이여, 저 안개와도 같은 잿빛의 물결은 무엇입니까?"

진이 대답했습니다.

"저 바다는 존엄하신 알라의 충복인 모세가 그의 백성을 이끌고 파라오의 궁전을 나오면서 깊은 물결을 갈랐던 짓다해, 즉 홍해이니라. 대저 알 할리크의 능력은 측량할 수 없는 방식으로 당신의 종복을 시험하시는 법! 그대도 언젠가는 밤의 홍해처럼 모호하게 일렁이는 잿빛의 암흑을 가르고 피안(彼岸)을 건너야 할 터인즉!"

알 할리크는 알라의 아흔아홉 가지 별칭의 하나로서 창조자

를 의미하지요. 리디아는 알라의 권능을 찬양하면서 사막을 건
너는데 한 무리의 대상(隊商)이 쓰러져 있는 것을 보았습니다.
리디아는 물었습니다.

"저 무리는 저와 함께 메디아에 묵었던 그 상인들과 순례자
들이 아닙니까?"

진은 대답하였습니다.

"그렇도다. 저 무리는 사막의 마신(魔神)이 일으킨 돌풍에 휩
쓸렸느니라. 단 한 사람이라도 알 라흐만의 은혜를 증명하는 이
가 있었다면 저렇게 팔다리가 부러지지는 않았을 텐데. 그저 목
숨만이라도 건져 거룩한 성도에 도달하는 것도 자비롭고 자애
로우신 알라의 은총일진저!"

알 라흐만은 역시 알라의 아흔아홉 가지 별칭의 하나로서 자
비로우신 자를 뜻하지요. 이렇게 알라의 거룩하신 권능으로 정
확한 시간 안에 성지에 도착한 리디아는 예의 성지순례 의식을
수행할 수 있었습니다. 우선 허름한 흰색 평상복으로 갈아입고,
하람 사원의 카으바 신전으로 가 "주여! 제가 당신의 부름을 받
고 이곳에 왔나이다!" 하고 탈비야를 외치며 행진했습니다. 이
것을 이흐람이라고 하죠.

다음으로 카으바 신전 중앙의 흑석에서 출발해 신전을 일곱

바퀴 돌고 나서 다시 흑석에 입을 맞추는 따와프 의식도 했습니다. 물론 하람 사원 내에 있는 사파 동산과 마르와 동산 사이를 일곱 차례 뛰어서 왕복하는 싸이 의식도 마쳤고요. 이 싸이 의식은 아브라함의 처 하갈이 아들인 이스마엘과 함께 광야를 헤매다가 기갈이 든 자식의 목숨을 구하기 위해 동분서주한 고사를 기리기 위한 것이라고 하지요. 그리고 리디아는 자비의 산(山)인 잘 라흐만에 머물면서 순조롭게 우크프 의식도 행했습니다. 성지순례 의식 중의 하나인 우크프는 메카 외곽에 있는 작은 동산 자발 라흐만에 체류하는 것을 말하죠. 전설에 의하면 자발 라흐만은 지상으로 내려온 아담과 이브가 합류한 곳이라고 합니다. 따라서 우크프 의식은 에덴동산으로의 귀환을 의미하는 것이라고도 하지요. 어쨌든 중요한 것은 우크프 의식을 하면서 나중에 악마의 기둥에 던질 조약돌을 주워야 하는 겁니다. 지혜로운 리디아 역시 다음 날 악마의 기둥에 던질 일곱 개의 조약돌을 모으고 무즈달리파 사막에서의 야영을 마쳤습니다.

리디아에게 두 번째 시험이 닥친 것은 다음 날 미나 평원의 악마의 기둥 앞에서였습니다. 성지순례의 마지막 의식으로 악마의 기둥을 향해 돌을 던지려고 모여든 순례자들 사이에서 리디아 역시 줄을 서서 조약돌을 만지작거릴 때 사막의 마신이 나타난 것이지요.

리디아는 늙은 베두인족 노인의 모습을 하고 나타난 사막의 마신을 처음 볼 때부터 수상하게 여겼습니다. 왜냐하면 노인은 리디아가 만지작거리던 조약돌을 보고 순간 움찔했기 때문입니다. 현명하고 영리한 리디아는 이러한 행동을 보고, 이 노인이 지난번에 만난 진과는 달리 알라를 경외하지 않는 요령(妖靈)임을 알아챘습니다. 왜냐하면 단순한 이교도이거나 혹은 알라를 경외하는 정령이라면 악마의 기둥에 던질 조약돌을 보고 흠칫 놀랄 리는 없을 테니까요.

때문에 리디아는 "알라 외에는 신이 없으며, 무함마드는 알라의 사자이다!"라고 연신 샤하다를 외우며 경계를 했습니다.

그러자 마신이 리디아에게 물었습니다.

"그대는 무슨 연유로 그대의 신의 자비를 갈구하여 이토록 먼 길을 걸어왔는가? 그 음유시인의 목소리인가? 아니면 그 청년의 늠름한 몸인가? 나에게 경배하면 인간의 성대가 지어내는 모든 음율과, 그 육신에서 짜낼 수 있는 모든 쾌락과, 인간의 지혜가 형상화할 수 있는 온갖 기이한 사물들을 주겠노라!"

마신은 불길하게 생긴 거울을 꺼내 들었습니다. 그러자 주변 풍경이 홀연 어젯밤 야영했던 무즈달리파 사막으로 바뀌더니 이윽고 거울 속에 리디아의 심령 깊은 곳이 비쳐지기 시작했습니다. 그리고 리디아가 꿈에서조차 떠올리기 꺼려했던 내밀한 욕망이 음습하고도 달뜬 안개처럼 펼쳐졌습니다.

한순간은 술탄의 황후가 되어 온갖 산해진미의 미각을 맛보는 쾌락이 찾아오는가 하면, 생전 처음 보는 악기가 자아내는 기묘한 음률이 귀를 파고들기도 했습니다. 또한 간혹 접하던 야싸민, 즉 자스민이나 아주 드물게 맡아본 적이 있는 용연향과는 비교할 수 없는 오묘한 향내 속에서 생각만으로도 부끄러운 체위로 자아내는 온갖 육체의 황홀경이 농익은 복숭아처럼 펼쳐져, 알라를 경외하는 이 순진무구한 처녀의 가슴은 금방이라도 터져버릴 것만 같았습니다.

이렇듯 거울의 풍경은 살아 숨 쉬는 것처럼 해 뜨는 동방 마슈리끄에서 무즈달리파 사막을 거쳐 해 지는 서쪽의 끝 마그리브까지의 온 세상을 보여주었습니다. 그리고 시간적으로는 마신들이 창궐했던 고대의 바빌론의 궁전에서 시작해 그리스의 이교도 여신인 아르테미스의 신전을 거쳐 리디아가 생전 들어본 적도, 상상한 적도 없었던 미래의 도시로 변화하면서 이 처녀의 내밀한 관능을 속속들이 심령의 깊은 우물에서 끄집어내었습니다.

마신은 말했습니다.

"너는 피할 수 없다! 네가 보고 듣고 만지고 맛보는 모든 것은 곧 인간의 심연에서 걷어 올리는 네 자신의 욕망일지니!"

과연 마신의 말처럼 리디아는 거울이 보여주는 미로 속에서 애써 도망치려고 했으나 피하려고 연 다음 문에서는 이전 문보다도 더 큰 관능과 물욕이 펼쳐졌습니다. 문을 열 때마다 리디아는 나고 자라고 죽고, 그리고 다시 나고 자라고 죽고 하면서 수십 번의 삶을 연거푸 살았던 것입니다.

그러던 어느 순간 리디아는 그 기묘한 윤회에 동화되어가는 마음을 바로잡으려 손안에 든 조약돌을 힘껏 마신의 거울이 자아내는 덧없는 황홀경을 향해 던졌습니다. 리디아가 그렇게 조약돌을 던지자 마침내 불길한 거울에 금이 가며 서서히 모호한 안개와 달뜬 열기가 가시기 시작했습니다. 그렇게 나머지 돌들을 던질 때마다 환상이 하나씩 깨어지고 드디어 마신이 흉악한 정체를 드러냈습니다.

"분하구나! 우크프의 조약돌로 나의 마법을 깨뜨리다니! 하지만 이는 어디까지나 돌의 힘, 그대 자신의 진정한 선택은 아닐지니! 그러니 그대가 스스로의 내밀한 욕망에 다시 한 번 고개를 돌리는 날, 난 그대의 진실을 다시금 시험하고자 하려니!"

그렇게 외치고 마신은 물러갔습니다.

이렇게 하여 리디아는 두 번째 시험을 이기고 희생물의 번제를 올리는 이들 아드하의 제의도 무사히 마치고 귀향하게 되었습니다. 드디어 메카 순례를 마치고 그녀는 자애로우신 알라—그분의 이름에 백만 송이의 꽃보다 더 향그러운 방향이 머물기를!—의 은총 아래 모든 칭호에 앞세우는 핫자의 영예를 얻게 된 것이죠.

자, 이제 핫자 리디아가 된 이 처녀가 귀향 후 다마스쿠스의 제일원로인 현자 이맘 앞에서 무슨 소원을 청원했는지 짐작하시겠죠! 네, 그렇습니다. 이제 핫자로서 권위를 얻은 이 집념 어린 처녀는 까시다의 운율에서 벗어난 알 와라한의 시를 고귀한 아랍의 시로 인정한 것이었습니다. 그리고 젊은 시인에게 청혼을 하였던 것이지요. 그리고 핫자인 여성의 청혼을 받는다는 것은 말할 수 없는 영광이었으므로, 알 와라한 역시 기쁜 마음으로 그녀의 청혼을 받아들이게 되었습니다. 그리하여 이 한 쌍의 부부는 달콤한 신혼을 보내며 알라의 은혜를 찬양하게 되었습니다.

낮이면 남편 알 와라한은 고대로부터 명망 높은 시인 아부 누와스보다 더 맑은 목소리로 알라의 은혜와 사랑의 간절함을 노래하고, 밤이면 아내 핫자 리디아는 사랑하는 남편이 부르는 노래를 잘 말린 대추야자 잎에 옮겨 적곤 했습니다.

리디아는 남편이 들려주는 기쁜 이야기에는 손뼉을 치고, 거룩한 이야기에는 경건하게 옷깃을 여미고, 때로는 슬픈 이야기에 고요히 눈물을 흘렸습니다. 이렇듯 진심으로 귀 기울여주는 현명한 아내의 도움으로 알 와라한은 자신이 짓는 노래에 더욱더 자긍심을 가지게 된 것이지요. 그리고 이 남자는 생각했습니다. 사랑에 미쳐 모래언덕을 헤맨 시인 카이스의 슬픈 운명에 비하면 나는 얼마나 행복한 사람인가, 하구요. 시인 카이스는 라이라는 여성을 사랑했으나 그녀의 아버지는 딸의 결혼을 허락하지 않았다지요. 하여 그는 사랑에 빠진 나머지 모래언덕을 헤매다 드디어 미친 마즈눈이 되었는데, 그에 비하면 리디아와 알 와라한은 알라의 은총을 듬뿍 입은 셈이지요.

그러던 어느 날이었습니다. 드디어 리디아에게, 유예된 최후의 시련이 찾아온 것은요! 그것은 어느덧 세월이 흘러, 젊은 시절 다녀온 적이 있던 이틸 강(江), 즉 머나먼 북녘의 볼가강에 내린 눈처럼 이들 부부의 머리칼에도 흰빛이 내린 때였습니다. 어렵사리 북시리아를 다녀오면서 이들 부부는 다소 슬픔에 젖어 있었습니다. 아무래도 이번 나들이가 생의 마지막 여행이라고 생각되었기 때문이지요. 그런 슬픔 속에서 다마스쿠스 사막을 건널 때 리디아는 신기루를 보았습니다.

리디아가 남편에게 물었습니다.

"사랑하는 알 와라한, 저기 저 사막 위로 신기루가 보이나요?"

"아직도 나의 눈엔 어여쁜 리디아, 내 눈에도 신기루가 보인다오."

그러자 리디아는 말했습니다.

"당신의 감미로운 찬사는 여전하군요. 그런데 저는 저 신기루보다 더 선명하고 더 황홀한 무엇을 본 적이 있었답니다. 그것을 어찌 묘사하면 좋을까요? 그건 뭐랄까, 언젠가 본 이교도 성당의 천장화보다도 훨씬 더 선명한 색채로 살아 움직이는 그림이었어요!"

노(老)시인은 대답했습니다.

"아직도 내게는 세상에서 가장 어여쁜 리디아! 대저 신기루라는 것은 이 사막의 한가운데서만 볼 수 있는 게 아니라오. 밀빵을 굽는 우리들의 부엌에서나 낙타를 사고파는 시장에서나 혹은 초조하게 비를 기다리는 목초지에서나 심지어는 아라베스크 문양으로 장식된 거룩한 사원에서도 신기루는 인간을 미혹하기 마련이오. 그렇소, 사람들은 자비롭고도 자애로우신 알라께서 지으신 모든 진리에 대한 의혹을 가질 때 아찔한 신기루를 보게 된다오. 불길한 미망에 빠져 알라께서 지정하신 바른 길을 걷지 못한다면 우리의 삶이란 사막에서 스스로 길을 잃고 말아 영영 헤어날 수 없는 갈증으로 목이 타버리고 만다오."

그러자 리디아는 다소 들뜬 목소리로 대답했습니다.

"아니에요, 알 와라한! 당신이 진정한 신기루를 보지 못해서 그래요! 사실은 아주 오래전, 그러니까 제가 열일곱 살 되던 해, 성지순례를 위해 메카에 도착한 때 악마의 기둥 앞에서 한 마신으로부터 시험을 받은 적이 있었답니다. 그때 마신은 제게 인간의 정신으로는 도저히 상상할 수 없는 기묘한 것들을 보여주었습니다. 알 와라한! 우리는 젊은 시절부터 알라가 허락하는 범위 내에서 온갖 이국의 풍물을 찾아다녔고, 또 밤이면 불붙은 놋쇠 등잔 아래에서 뜨거운 사랑을 탐했지요. 알 와라한! 저는 아직도 당신을 깊이 사랑하지만, 이렇게 세월이 흘러 육신의 기력이 쇠해지니 처녀시절 미나의 평원에서 보았던 그 마법의 환상이 떠오른답니다! 그 기이한 환상을 당신에게도 보여줄 수 있다면!"

바로 그 순간 사막의 돌풍이 리디아에게 쏟아져 그녀를 낙타에서 떨어지게 만들었습니다. 그리고 리디아의 귀로 마신의 큰 웃음소리가 들려왔습니다.

"오냐! 이제야 나의 마력을 알아보겠느냐? 나의 권능과 내가 섬기는 이블리스의 권세에 경배하라! 그리하면 너에게 아흔아홉 마리의 낙타에도 다 실을 수 없는 금은과 향료, 이루 형언할 수 없는 미모와 젊음, 그리고 그 신기루의 세계에 드날리는 명성과 영예를 주겠노라! 자, 이제 선택의 시간이니 거울 속으로 들어가라! 나조차 잠이 들면 영영 헤어나올 수 없는 이계의 차원으로!"

그 순간, 낙타의 발굽에 머리를 차인 리디아는 아득히 혼절하고 말았습니다.

3

채윤은 검은 물 한가운데에 있었다. 허우적거리는 것도 숨을 쉴 수 없는 것도 아니었지만 탁한 잿빛으로 일렁이는 밤바다는 채윤에게 참을 수 없는 압박으로 다가왔다. 그리고 수초 모양의 아지랑이가 서서히 공간을 일그러뜨리더니 이윽고 강한 산(酸)의 냄새가 풍겨왔다. 그것은 수산화나트륨에 비릿한 돼지 피를 섞은 냄새였다. 그 음습하고도 시큼한 자극은 채윤이 까마득하게 잊고 있었던 기억을 상기시켰다. 오랫동안 봉인한 유년의 냄새.

어려서부터 채윤은 자라면 자랄수록 더 탁월해지는 성대와 이목구비를 가졌다. 물론 거기에 비례하여 반 아이들의 질시는 더욱 심해졌다. 물론 단순한 질시뿐이었다면 천성이 여렸던 채윤이라도 그럭저럭 참을 수 있을 것도 같았다. 하지만 여자애들의 시기가 따돌림과 은밀한 폭행으로 전이된 것은 채윤의 어머니가 아버지의 손찌검에 못 이겨 집을 나간 후부터였다.

그러던 어느 날, 그 사건이 있었다. 점심시간 채윤이 희석되지 않은 수산화나트륨이 담긴 물병을 들이켠 것은. 다행히 선생님의 빠른 발견으로 위세척을 하여 건강에는 지장을 가져오지 않았지만, 병실에 누워 있는 동안 채윤은 생각했다. 왜 과학실험실에 있어야 할 수산화나트륨이 자신의 물병에 담겨 있었는지,

왜 아이들이 자신을 따돌리고 있는지, 왜 아버지는 어머니에게 손찌검을 하는지, 그리고 왜 자신은 어머니가 있는 곳을 모르고 있는지.

병실에 누워 있는 동안 채윤은 사람을 움직이는 힘의 중요성을 깨달았다. 채윤이 본능적으로 깨달은 힘의 종류는 표정을 바꾸는 것이었다. 속마음과 표정을 분리시키는 것. 그것을 채윤은 병실에 있는 동안 쉼 없이 연습했다. 퇴원 후 채윤은 투명한 가면을 쓰고 아이들이 원하는 표정을 지어 보였다. 그리고 그 표정을 이용하여 아이들을 가르고 서로를 견제하게 만들었다. 채윤이 남몰래 터득한 재능, 그런 힘을 사람들은 연기라고 부르는 것도 알았다.

그 힘을 적극적으로 쓰기 위해 사춘기 시절 연예기획사의 문을 먼저 두드린 것도 채윤이었고, 이 세계의 온갖 비열한 추태도 응당 그런 것이려니 하고 감내한 것도 그녀 자신이었다. 사실, 이번에 외국인 노동자 자녀를 대상으로 한 체험현장 프로그램도 스케줄상 곤란한 기획이었지만, 점차 무뎌져가는 집념을 다잡으려고 채윤 자신이 강하게 요청한 것이었다.

하지만 촬영 당일, 채윤 스스로가 생각하기에도 기이한 일들이 벌어졌다. 강추위는 가셨다고는 하나 아직도 차가운 날씨에,

촬영장인 보육시설에서 손을 호호 불고 있는데, 한 아이가 화분 하나를 선물로 주었다. 요새 같은 한겨울에 이런 꽃이 있을까 싶을 정도로 꽃잎이 붉었다. 어디서 많이 본 듯한 서러운 빛깔. 채윤은 아늑한 기분이 들어 물었다.

"꼬마야, 넌 이름이 뭐니?"

"무함마드!"

채윤을 잠시 응시하던 소년은 부끄러웠는지 그렇게만 말하고 달아나버렸다. 그 모습을 보던 원장이 한마디 거들었다.

"어머니가 아랍계인 아이예요. 아빠가 없어서 항상 혼자 있던 아이인데 오늘은 어쩐 일로 화분을 가져다주었을까요."

아마 그래서였을까. 철제 식탁들이 쏟아지면서 아이를 덮치려 할 때 채윤이 그 아이의 눈빛과 마주친 것은. 일 초의 10분의 1도 안 되는 순간에 채윤은 그 아이의 눈에 담긴 깊은 슬픔과 손으로 만질 수 없는 외로움을 보아버렸다. 그렇다. 그 눈빛은 오래전부터 채윤이 애써 잊고자 했던 수산화나트륨의 냄새였고, 그녀의 깊은 곳에 숨어 있던 연민에 대한 냄새였다. 그렇다. 그 아이의 힘 빠진 어깨는 어느 날 집에 와보니 엄마가 없어서 한없이 들썩였던 그녀의 어깨였고, 아이의 눈망울은 병원에 처량하게 누워 있던 그녀 자신의 눈동자였던 것이다.

오랜 세월, 어떤 힘에 대한 욕망으로 달려왔지만, 그녀의 마음속에는 분명 감춰진 무언가가 있었다. 그것은 그녀의 목소리나 외모가 자아내는 성취감이나 영예를 넘어서는, 서러운 그 무엇이었다. 어쩌면 그것은 그 옛날 채윤이 병실에 누워 있을 때 단 하나뿐인 친구가 가져다준 이름 모를 꽃의 처연한 붉은빛이었는지도 모른다. 그러므로 이제 채윤은 볼 수 있었다. 한없이 발목을 감아대는 미끄러운 수초처럼 어두컴컴한 물이 아무리 그녀의 눈꺼풀을 아릿하게 자극할지라도, 아까부터 심장의 저편으로 희미하게 출렁이며 미세한 온기를 뿜어내는 빛의 입자들을.

채윤은, 자기가 헤엄쳐 나온 뒤편을 잠깐 돌아보고 아이를 밀칠 때와 똑같은 압력으로 신열과도 같은 꽃잎의 온기를 향해 몸을 던졌다. 그리고 생각했다—이 부유하는 석회빛 안개를 가르면 나는 그리운 무엇에 다다를 수 있을 터.

4

리디아가 깨어나서 처음 본 것은 피보다 붉은 빛깔의 아네모네였습니다.

"드디어 깨어났구려! 정확히 열흘 만이오."

알 와라한은 기쁨에 젖어 알라를 칭송했습니다.

"어찌 된 일이지요?"

현기증을 가라앉히며 리디아가 물었습니다.

"생각나지 않소? 우리가 시리아에서 돌아올 때 다마스쿠스 사막에서 불어온 돌풍에 당신이 떨어졌던 것이? 그래서 내가 재생을 뜻하는 화초를 당신 곁에 두고 자비롭고 자애로우신 알라께 그대의 회복을 간절히 기원했다오!"

"아! 사막에서의 돌풍이 기억나요. 그리고 당신이 젊은 시절, 제일 먼저 얼어붙은 땅에서 눈을 헤집고 솟구쳐 오르는 이 꽃 아네모네를 노래한 것도요! 알 와라한! 저는 기절하는 동안 꿈속에서 옛날 메디나에서 제가 간호하던 그 여인네를 보았답니다. 그 여인네는 제게 한없이 그리운 음률로 당신이 젊은 시절 대추나무 아래에서 불렀던 노래를 들려주었지요. 그때 당신은 재 속에서 피어올라 눈을 태우는 불의 꽃을 노래했지요. 그리하여 당신은 잿더미를 슬퍼하지 말라고 하셨지요. 위대하신 알라께서는 잿더미 속에서도 선홍빛의 사랑을 부활시킨다고요. 그때, 아네모네의 불타오르는 핏빛을 알라의 놀라운 은총에 기대어 노

래하는 당신의 목소리가 어쩌면 그리도 늠름하고 확신에 차 있
던지!"

그리고 리디아는 계속 말했습니다.

"사실은 이번에 다마스쿠스의 사막에서 잠시 알라의 은총을
의심하여 기절한 사이, 마신으로부터 참으로 기이한 유혹을 받
았답니다! 마신이 보여준 꿈속의 이계에는 낙타도 없이 스스로
움직이는 쇠마차가 즐비했고, 또한 수백 명의 사람들이 신밧드
가 매달려간 거대한 새 루흐의 뱃속에 앉아 한나절 만에 해 뜨
는 곳에서부터 해 지는 곳까지 여행을 다니는 기이한 세상이었
지요. 저는 그곳에서 아주 아름다운 여자로 젊음을 되찾았어요!
그곳은 기이한 쾌락과 마술적인 도구들이 가득한 세계였지만."

이렇게 말한 후에 핫자 리디아는 숨을 잠시 멈추고, 백발의
머리칼에도 불구하고 열일곱 살 되던 어느 해의 처녀시절처럼
뺨을 발그레 물들이며 마저 속삭였습니다.

"그렇지만 당신의 사랑만큼은 없었답니다. 그래서 당신이 지
으신 음률을 좇아 어둠의 물길을 가를 수 있었지요."

이렇게 하여 리디아는 모든 것을 예비하시는 알라의 세 가지
시험을 모두 통과하고 사랑하는 노시인과 신실한 눈빛으로 재

회를 하게 되었습니다. 그리고 자비롭고 자애로우신 알라의 은총으로 무사히 다마스쿠스 근교의 고향집으로 돌아올 수 있게 되었던 것이지요. 그 후로도 때때로 리디아는 생각했습니다. 진정한 용기란 스스로의 심연을 들여다볼 때 시험할 수 있으며, 가장 신실한 기도란 생의 가장 처연한 순간에 모세의 결단처럼 어두운 바다를 가르는 것이라고요.

또 리디아는 생각했습니다. 알라께서 또 한 번의 생을 선물해주신다 해도 열일곱 살 되던 해 어느 대추야자 밑에서처럼 선홍빛 사랑의 비밀을 노래하는 이 남자를 운명처럼 만나고 싶다고 말이죠.

이렇게 알라의 놀라운 은혜를 깨달은 이들 부부는 자비로우신 신께서 허락하시는 오랫동안의 천수를 마저 누렸답니다. 그리고 지상에서의 마지막 순간에 이들 부부는 다음과 같이 기도했답니다.

이제 이승에서의 소중한 인연은 다했으니, 인자하신 알라―그분의 이름에 백만 개의 횃불보다도 더 타오르는 열정을 주시기를!―께서 먼 훗날 무덤을 쪼개고 하늘의 구름을 솔질한 양털처럼 만드시는 부활의 날이 오면, 그러면 그때 우리는 알라께 간구하여 다시 한 번 아네모네의 붉은 꽃을 노래하리다.

5

　　무함마드의 어머니인 수아드가 조용하게 읊조리는 것은 할머니의 할머니, 그 할머니의 할머니 대부터 전해 내려오는 민담이었다.

　　"옛날 옛적, 그러니까 레바논의 200큐빗짜리 백향목이 오래 산 노인들의 지팡이처럼 작았을 무렵, 지중해 바닷가의 작은 읍내에 리디아라는 처녀가 살고 있었죠……."

　　아직 수아드가 어렸을 적 그녀의 할머니는 자신의 손녀에게 이렇게 시작하는 오래된 민담을 일러주며, 진심을 다해 읊조리면 이 이야기를 듣는 사람에게는 알라의 큰 은혜가 내릴 것이라고 했었다. 수아드는 민담의 마지막에 시를 덧붙였다.

나는 네가 계속 잿더미 속에 있어달라고 기도했다
나는 네가 낮을 바라보기를 또는 초월하기를 기도했다
우리는 너의 밤을 탐험하지 못했다
우리는 어둠과 함께 바다를 항해하지 못했다
불사조야,
나는 마법이 멈추기를

우리의 약속이 불속에서, 잿더미 속에서 이루어지기를 기도
했다
나는 광기가 우리를 이끌어주기를 기도했다[*]

시리아에서 났으나 이제는 레바논의 시인이 된 아도니스의
시였다. 수아드는 오늘도 채윤의 머리맡에 앉아 할머니의 할머
니로부터 전해 내려온 이야기를 고요히 속삭였다. 며칠째 들려
준 이야기의 마지막 부분이었다. 그리고 마침표처럼 부활과 재
생을 일깨우는 노시인의 시를 덧붙이며 기도했다. 부디 자신의
아이의 목숨을 구한 이 이국의 처녀에게 자비롭고도 자애로우
신 알라의 은혜가 내리기를.

혼수상태에 있던 채윤이 끝내 숨을 거둔 것은 바로 그때였다.
의식을 잃은 지 정확히 열흘 만이었다. 소속사에서는 여러 가지
아쉬움으로 애도를 하고, 채윤의 팬들이나 지인들 역시 그들의
입장대로 슬퍼했지만, 마지막 호흡을 멈추는 순간 채윤의 표정
은 너무나 평온했다.

---

[*] 아도니스의 시 〈기도〉.

그리하여 임종의 징조가 보인 순간부터 샤하다를 암송하던 레바논의 여인은 채윤의 고요한 표정을 보고 "인샬라!"라고 조용히 속삭인 뒤 손을 잡아주었다. 대저 죽음이 모든 것의 끝은 아닐진저, 진정한 사자(死者)는 사랑의 확신을 잃은 자이니.

우주행 차표에 적힌 말들

시, 거짓말 그리고 기도,
조현 소설 속 언어들

안서현(문학평론가)

보르헤스는 단편소설 〈바벨의 도서관〉에서 무한한 우주로서의 도서관을 그려낸 바 있다. 과거와 현재와 미래의 모든 책이 이미 꽂혀 있는 그곳은 우선은 혼돈 그 자체이다. 그러나 세상에 존재할 수 있는 모든 책이 있는 그 서가의 어딘가에는 단 한 권으로 압축된 진리의 책도 분명 꽂혀 있을 것이다. 세상의 모든 진실이 혼돈과 질서의 형식으로 동시에 실재하는 이 카오스코스모스가 바로 바벨의 도서관이라는 책의 우주다.

그렇다면 책의 저자란 무한한 우주의 한 귀퉁이를 우리에게 보여주는 사람이 맞을 것이다. 그러니 조현 작가가 자신을 우주 통신원, 즉 '클라투 행성 지구 주재 특파원'이라고 소개하곤 하는 것도 일리가 있다. • 첫 소설집의 표제작이었던 〈누구에게나 아무것도 아닌 햄버거의 역사〉에 등장한 펭귄 사 편집자 이본 마멜―제임스 미치너의《소설》에 등장했던 열혈 편집자의 이름이기도 하다―이 한 시인의 시집에서 자신의 첫사랑을 떠올리게 하는 치명적인 구절을 만난다는 이야기나, 그녀가 다시 편집한 현대 시인 선집을 다시 몇십 년 뒤 한국의 광고기획자 김경주가 이태원의 한 헌책방에서 운명적으로 만나게 된다는 이야기는, 이러한 보르헤스적 책의 우주에 대한 상상력을 불러일으키는 것이기도 했다.

이번 소설집에서 작가의 소설관 내지 우주관(?)은 심화된 것으로 보인다. 이번 소설집의 〈새드엔딩에 안녕을〉에는 작가에 대한 또 다른 비유가 등장한다. 작가는 언령술사이다. 〈은하철도 999〉 속 우주행 차표에는 비밀스러운 힘을 지닌 고대 언어, 즉 신약 성서의 헬라어가 적혀 있다는 것이다. 그리고 그 언어의 힘으로 우주의 문이 열린다. 이와 같은 전언의 힘을 통해 삶의

• 조현의 소설은 종종 '클라투 행성 통신'이라는 부제를 달기도 한다. 첫 소설집이었던《누구에게나 아무것도 아닌 햄버거의 역사》(민음사, 2011, 이하《햄버거》)에 수록된 '작가의 말'에서 그는 지구인의 삶의 가치를 증명하기 위하여 소설을 쓴다고 밝히기도 했었다. "수많은 사람들의 다채로운 운명을 관조하는 것, 하여 인간이 이 지구에서 살아갈 가치가 있는지를 끊임없이 반성하는 것, 그것이 바로 작가의 임무다."(200면) 이때 작가가 우주 통신원이라는 비유는 삶을 낯설게 하는 이야기를 쓴다는 의미를 지니고 있다.

새로운 차원을 열어 보이는 것이 바로 작가라는 것이다. 작가는 이제 책의 우주만이 아니라 수많은 생들이 뒤얽혀 살아가는 삶의 우주를, 그 생들이 서로 겹쳐지고 만나는 삶의 광대무변한 우주를 우리에게 펼쳐 보여주게 된다. 그 우주를 보여준다는 것은 우리와 다른 이들이 함께 속해 있다는 공속의 감각을 시험하는 일이기도 하다. 또한 각자의 소우주가 더 큰 우주의 차원에서 겹쳐진다는 사랑의 경험을 갱신하는 일이기도 한 것이다. 조금 낭만적으로 말하자면, 이와 같은 공속과 사랑의 신비를 품은 삶의 무한 우주의 한 귀퉁이를 보여준다는 것, 이제는 그것이 작가가 우주 통신원이라고 말할 때의 의미가 된다.

시, 개방의 언어

우주 통신의 첫 번째 비밀 언어는 바로 시다. 시는 삶의 비밀을 개방하는 언어다. 시적 언어에 대한 관심은 일찍이 조현 작가의 소설에서 드러나고 있었다. 첫 소설집에 수록된 〈옛날 옛적 내가 초능력을 배울 때〉에서는 다음과 같은 현과 전도사의 대화 대목이 나오기도 했다.

"이미 너도 잉크 빛 어둠을 봐버렸구나. 사물의 이면이랄까, 달의 뒷면을 보아버린 사람은 이제 남들이 편하게 보는 색채의 관습에서 멀어지는 거야. 그리고 한평생 그 의미를 심사숙고하며 죽을 때까지 괴로워하지."

"폴 엘뤼아르 시에 나오는 '슬픔의 파수꾼들'처럼요?"

"그래, 그 '슬픔의 파수꾼들'처럼. 하지만 그 과정을 마치면 넌 평범한 인간의 눈으로는 불가능한, 우주의 비밀을 엿볼 수 있는 상상력을 터득하게 될 거야. (…)"(64면)

또〈생의 얼룩을 건너는 법, 혹은 시학〉에서 주인공은 말했다.

"(…)나는 너와 더불어 이번 생에서 찾을 수 있는 가장 심오한 은유를 맞닥뜨리고 싶어. 생의 얼룩을 건너 존재와 본질에 다다를 수 있는 그런 애절한 은유를."(110면)

이번 소설집에서도 마찬가지다. 〈선택〉에 등장하는, 직무적 성평가에 응시한 후 현실이 모두 주입된 기억, 즉 가상이라고 끊임없이 의심하게 된 S그룹 계열사 만년 과장은, 강은교 시인의 시를 읽고 이곳의 삶이 전부가 아님을 깨닫는 일종의 공황 상태를 경험하기도 한다. 표면적으로 경험되는 현실이 전부가 아니라 그 이면과 외계가 존재함을 지시하는, 그러한 상상력을 자극하는 이미지를 만날 때가 있는 것이다. 그것이 바로 시적인 것이 우리에게 출몰하는 순간이다. 일상의 평면에 숨어 있는 주름을 바깥쪽으로 당기면 그 사이로 펼쳐지는 다른 차원이 분명히 있음을 생각하게 하는 것이 바로 시적인 이미지인 것이다. 시는 그러한 삶의 내밀한 영역을 우리에게 열어주는 언어다.

〈우리의 약속이 이루어지기를 기도했다〉에서 수아드는 자신의 아들 무함마드를 구해주고 대신 위험에 빠진 채윤이 긴 여행을 마치고 돌아오기를, 레바논의 노(老)시인 아도니스의 시를 읊으며 간절히 기도한다. "부활과 재생을 일깨우는" 시, 삶과 죽음 사이, 즉 "잿더미" 속에서 죽음의 "마법"이 멈추고 삶의 약속, 즉 "불사조"와의 약속이 이루어지기를 기도하는 시다. 삶으로 다시 채윤을 불러오려는 자신의 기원을 담고 있는 것이었다. 채윤은 숨을 거두지만, 그것은 단순한 죽음이 아니라 삶의 다른 차원으로 나아가는 행보일지 모른다. 채윤이 되어 잠시 미래를 경험했던 옛 레바논의 리디아가 자신의 삶으로 돌아가는 중인지도 모른다. 이와 같은 보다 거대한 삶의 차원, "잿더미"와도 같은 끝없는 윤회의 공간에서의 "불사조"와 같은 삶에 대한 상상은 죽음과 허무를 위로한다. 그리고 우리로 하여금 삶을 과거와 미래, 그리고 생사의 이분법을 초월한 우주적 시야에서 바라볼 수 있도록 해준다.

거짓말, 진실의 언어

우주 통신의 두 번째 언어는 바로 거짓말이다. 우리가 속해 있는 삶의 우주는 보르헤스의 책의 우주와도 닮아서 무한한 이야기책들로 빼곡히 채워져 있다고도 할 수 있다. 그런데 그 삶의 이야기책들을 꺼내어 펼쳐보면, 무수한 거짓말들이 서로 얽히고설켜 진실의 국면을 엮어내고 있다는 것을 알 수 있다. 따라서 삶의 진실을 만나기 위해서는 먼저 거짓말을 따라가야 하는 것이다.

〈화성의 물고기를 낚는 경쾌한 낚시법〉은 밤낚시에서 만난 강과 김 두 사람의 이야기이다. 서로 의미심장한 사연들을 주고받으면서도 둘 다 한사코 아는 이가 겪은 일에 불과하다고 말한다. 어디까지가 거짓말이고, 어디까지가 진실인지는 알 수 없다. 잔인한 그녀의 거짓 미끼에 상처를 받은 일이 있기에 루어 낚시는 하지 않는다는, 또 그녀와 함께 갔던 밤바다에서의 사고 이후 스스로 살아 있는 미끼가 되어 바다에 던져진다는 심정으로 조행을 한다는 김. 동생이 연루된 사고의 생존자가 거짓말을 하는 것이라 의심해 평생을 지켜보았다는 강. 그들은 완강하게 거짓말 뒤에 숨으면서도, 한편 치열하게 진실을 추구하는 인물들이다. "각자가 간직하고 있는 사연들이 바닷풀처럼 흔들리는 곳. 그곳은, 누구나 살아오면서 잡기도 하고 놓치기도 한 모든 것들이 모여 있는 곳이다."(86면) 결국은 거짓말과 섞여 밤바다에 가라앉아 있는 자신의 삶의 진실을 대면하는 자리가 바로 밤낚시다.

앞에서도 살펴보았던 〈선택〉은 상황부여형 심리검사(STPI)라는 소재를 통해 진실과 거짓이 끝없이 중첩되어 있는 삶의 본질을 탐구하고 있는 소설이다. 심리검사 부작용으로, 현재의 삶이 가상, 즉 송두리째 꾸며낸 거짓말일 수도 있다는 것을 끊임없이 의심하는 증상에 시달리는 인물들이 차례로 등장한다. 인물들은 삶의 어떤 순간에 현실의 틈새 같은 것—주로 시적 이미지—을 목도하는 순간, 현실의 모든 것이 가상이라고 의심하는 것이다. 소설의 결말에서, 웹툰 작가 '나'는 가막살나무 군락의 풍경을 본 순간 다시 이 세계의 현실성 여부를 의심한다. 그러나 다음 순간 오컴의 면도날 이론에 의해 이곳 역시 현실이라고 가정하는 편이 무리가 없다는 결론을 내리게 된다. 대규모 운하 공사로 인하여 이 가막살나무 군락이 베어지리라는 것을 가정하기 어려운 것처럼 말이다. 그러나 이 지점에서 독자는 다시 아이러니에 빠지게 되는데, 이 가정이 현실로 드러난 지금은 오컴의 면도날 이론 자체를 의심할 수밖에 없기 때문이다. 이곳은 여전히 언제든 거짓으로 판명날 수도 있는, 거짓 같은 현실 속인 것이다. 우리는 풍자적 의미에서, 거짓과 의외—거짓말 같은 현실—의 중첩으로 이루어진 무한 우주 자체가 곧 이 세계의 형식임을 보게 된다.

한편 〈언젠가 크리스마스 섬 홍게의 행진〉에서 중심 소재로 다루어지는 광고는 어쩌면 이 세상에서 가장 명백한 거짓말의 형태인지도 모른다. 타인을 설득하려는 의도를 가지고 꾸며낸 것이기 때문이다. 그러나 이 소설은, 그것을 만드는 일을 하는 사람들의 삶 속에서 길어 올린 회한의 표현이기에, 광고 역시 진실의 형식일 수 있음을 보여주고 있다. "시인은 아무런 부끄러움 없이 자신의 경험을 써먹는다. 그들은 그것을 써먹는다."(202면)라는 말처럼, 소설 속 인물들이 만드는 광고는 그들의 삶 자체에서 길어 올려진 것이다. 광고 속 이미지는 그들에게 각자 잃어버렸던 창조의 꿈(세현), 사랑의 용기(기진), 그리고 희망(지연)을 의미한다. 그들은 각자 자신이 원하는 은유를 크리스마스 섬 홍게들의 "위풍당당한 행진"에서 발견했던 것이다. 그리하여 그들이 만드는 광고는 거짓말인 동시에 진실이자 소망의 형식이기도 하다.

〈수국의 계절〉 역시 수많은 거짓말들의 얽힌 우주를 포착해내고 있다. 인물들이 주고받는 선의의, 사랑의 거짓말들이 얽힌다. 안의 거짓말에 다시 영이 거짓말로 화답한다. 서로를 위한 거짓말을 그들은 자신들의 사랑의 최종적 형식으로 발견한 것이다. 그런데 그런 거짓말들로 이들의 사랑이 아름다운 마지막을 맞이하는 사이, 거짓말에 의해 시작되고 있는 새로운 사랑이 있다. 희 역시 거짓말이라는 수단으로 자신의 사랑의 이야기를 완성하고 있는 것이다. 희는 두 사람의 거짓말을 재해석해낸 능란한 독자이기도 했다. 안의 거짓말을 읽은 것은 그것이 오랜 사랑이기에 가능했고, 영의 거짓말을 읽은 것도 자신이 그녀와 같은 처지에 있기에 가능했던 것이다. 그리고 두 사람의 이야기에 자신의 이야기를 끼워넣는다. 수많은 거짓말 혹은 진실의 이야기들이 서로 얽혀 있는, 때로는 이야기들이 서로 겹쳐지며 다른 방향으로 흘러가기도 하는 삶의 무한 우주가 여기에 포착되어 있는 것이다.

〈새드엔딩에 안녕을〉은 '나'가 어떻게 작가로서 다시 태어나는가를 쓰고 있다. 외톨이였던 '나'는 에스더에 의해 친구들 사이에서 인기를 끌게 된다. 음악 공책에 써나간, 해피엔딩으로 다시 쓴 이야기 덕분이다. 그리고 에스더를 사랑하게 된 나는, 그녀를 위하여 또 다른 이야기를 지어낸다. 그녀의 어머니가 세상을 떠나며 그녀를 위한 사랑의 선물을 남겼다는 내용이다. '나'는 에스더의 삶의 이야기도 해피엔딩으로 만들고 주고 싶었던 것이다. 나는 그녀에 의하여 이야기를 쓰는 사람으로 태어났고, 다시 그녀를 위하여 이야기를 쓰는 사람이 되었던 것이다. 거짓말, 즉 허구는 쓰는 자의 진심의 형식이기도 하다. 이 소설 역시 거짓말을 통해 진실을 자아낸다는, 작가의 존재론을 담아내고 있다.

기도, 창조의 언어

우주 통신의 마지막 언어는 바로 기도이다. 기도는 말하는 대로 이루어지는 말의 수행성, 그리고 그에 대한 믿음이 극대화

된 말의 형식이다.《햄버거》에 수록된 〈옛날 옛적 내가 초능력을 배울 때〉에도 이러한 말의 힘을 탐구하는 전도사가 등장했었다. 고사리 잎처럼 생긴 유리창의 성에에 대고 "자, 지금부터 고사리 잎이 바람에 흩날린다!"라고 외면 유리창의 잎사귀 하나가 이리저리 흔들리는 것이었다.(85면) 일종의 의지의 투사와도 같은 것이라고 했었다. 작가는 이러한 말의 창조적 성격에 더 천착하고 있다.

〈어셔비츠 훌라후야 빙드레브쵸〉에서는 그녀가 알려준 주문의 힘을 이야기한다. 삶을 동화로 만드는 주문이다. 그것은 '나'의 소원을 이미 이루어진 것으로 만드는 주문이기 때문이다. 꿈에 나타난 외계인이 가르쳐주었다는 이 주문을 외면, 소원이 이루어지는 대신 과거는 지워지고 다른 소원을 빈 거짓 기억이 그 자리를 채운다. 따라서 우리가 기억하는 소원은 이미 거짓 소원이 되어버린다. 그렇다면 지금 이 세계는 모든 진짜 소원이 이루어진 곳이므로, 지극히 아름다운 동화의 세계다. "사람은 자신이 무엇을 바라고자 하는지 정확히 모른다는 것. 그리고 자신이 간절하게 바란 것은, 사실은 이미 자신이 가지고 있는 건지도 모른다는 것."(161면)을 다시 생각해보게 한다. 이 소설 역시 동화 같은 엔딩을 선사한다. 다른 차원의 삶이 '나'의 것이 되었다고 상상하는 순간, 세상은 아름다운 거짓말, 즉 환상으로 감싸인다.

다시 〈새드엔딩에 안녕을〉이다. '나'는 말이 신비한 힘의 원천이 되어 자신과 에스더를 새로운 삶 속으로 이끌어가기를 희망한다. 그래서 '나'는 처음에는 거짓말로, 그 후에는 기도를 한다. 에스더에 의해 자신이 "하나의 우주가 다른 우주에 온전히 겹쳐지는 체험"(22면)을 했고 거기에서 행복의 실마리를 찾았던 것처럼, '나'는 에스더의 행복을 간절히 바란다. 그리고 에스더와 함께 기도를 한다. 그리고 지금, 그녀와의 〈은하철도 999〉 이야기를 다시 쓰면서 거짓말의 힘을 빌리고자 한다.

지금도 난 그 기도가 어렴풋이 기억난다……. 그때 내가 '온전히'라고 말한 순간, 난 어떤 종류의 어둠이 둔탁한 중력으로 천천히 날 잡아당기는 느낌이 들었다. 일본 남자는 차표 안에 불가사의한 힘이 있다고 적었다. 전도사에게 그 힘은, 알파며 베타, 감마며 오메가로 증언되는 고대 헬라어였다. 아마도 그건 전도사의 세계에서 초월적인 힘을 갖는 언령(言靈)이었을 테다. 만약 전도사의 우주에서 가능하다면, 그러면 나 역시 기적을 다른 차원에서 찾아내리라.(47면)

(중략)

생의 시작점에서부터 불균형했던 한 소년은 《은하철도의 밤》이란 허구에서 살아갈 어떤 힘을 얻었다. 충분한 힘은 아니지만 어쨌든 차표는 얻어낸 것이다. 그 티켓을 가지고 접촉하는 사차원에서 무엇을 발견하든 그건 온전히 내 몫이다. 나쁘다곤 할 수 없다. 다시 한 번 말한다. 사실 달리 더 나빠질 일도 없지 않은가?

그런데, 그런데 말이다. 겐지가 했으면 나도 따라 할 수 있지 않겠는가? 그리고 내가 일본 남자의 낱말들에서 다른 차원으로 흘러들어가는 초월적인 마술을 얻었듯이 단 한 명의 타인이라도 내가 지어낸 허구에 의하여 그렇게 되진 않을까?(54면)

행성과 행성이 서로 만날 때 그 궤도가 바뀔 수 있는 것처럼, 이야기와 이야기가 만날 때, 그 이야기에는 변화가 일어날 수 있다고 '나'는 믿는다. 그리고 '나'의 이야기와 그녀의 이야기 사이의 만남의 이야기인 〈은하철도 999〉를 다시 쓰는 것이다.

앞서 읽었던 〈우리의 약속이 이루어지기를 기도했다〉역시 수아드의 기도 이야기이기도 하다. 리디아가 꿈속에서 잠시 미래를 경험하지만 다시 현실의 사랑으로 돌아가는 것과 같이, 채윤 역시 사랑의 세계로 되돌아가게 될 것이라고 수아드는 믿는다. 수아드의 이야기 역시 〈새드엔딩에 안녕을〉의 '나'의 이야기처럼 채윤의 삶의 이야기를 계속해서 써나간 것이라고 할 수 있을 것이다. 그것은 끝나지 않고 무한히 이어져나갈 수 있는 이야기이다. 사랑의 확신이 있는 한 끝없이 계속될 이야기인 것이다. 수아드의 이 이야기는 존재의 한계를 넘고 마음의 진실을 담고 삶을 무한히 갱신하는 이야기다. 다시 말해 시, 거짓말, 그리고 기도의 힘을 모두 담고 있는 이야기이다.

시, 거짓말 그리고 기도는 우리에게 무한한 삶의 우주를 열어주는 통로다. 이러한 언어에 대한 탐구로서의 소설들을 싣고 있는 이 책에는 곳곳에 우주행 차표가 숨겨져 있다. 페이지와 페이지 사이에 끼워져 있으니, 지구인 독자들은 부디 잘 찾아볼 것.

혹시 실물 차표를 찾지 못하더라도 걱정할 필요는 없다. 여기 작가가 알려주는 마지막 비밀이 있기 때문이다. 이미 충분히 눈치챘는지 모르겠지만, 바로 자신의 마음 깊숙한 곳을 탐사하는 것만으로도 우리는 우주를 엿볼 수 있다는 것이 그 마지막 비밀이다. "누구든 자기 영혼의 깊은 우물은 자신의 행성으로 뚫려 있"다는 것에 관해서라면 전에도 살짝 적어놓은 적이 있지 않은가(《햄버거》, 90면). 우리가 화성 낚시처럼 자신 안의 심연에 낚싯줄을 드리울 때(《화성의 물고기를 낚는 경쾌한 낚시법》, 74면), 우리가 자기 영혼의 심해 속 마리아나 해구를 들여다볼 때(《새드엔딩에 안녕을》, 44면), 우리가 마음속의 우주 통신 스위치를 켤 때, 우리는 삶의 새로운 차원을 만날 수 있다. 결국 작가 조현이 최종적으로 믿는 것은 우리의 마음의 깊이다. 언어를 사용하는 인간들, 즉 호모 포에티쿠스(Homo Poeticus), 호모 픽투스(Homo Fictus), 그리고 호모 렐리기우스(Homo Religius), 누군가를 위하여 시를 읊고 거짓말을 지어내며 기도를 바치는 이들, 그 마음속에 모든 비밀이 있다.

작가의 말

생은 한정되어 있고, 가능성의 세계는 무한합니다. 저에게 소설은 생의 확장이란 측면에서 의미가 있다고 생각합니다. 소설은 가능성의 세계를 현실로 바꿀 수 있지요. 즉 우리는 소설을 통해 다른 성별과 나이, 지역과 시대를 살아갈 수 있습니다. 심지어 인간이 아닌 다른 존재도 가능할 테지요.

수많은 생을 살아가면서 우리는 아이덴티티의 외연을 무한에 가깝게 확장할 수 있습니다. 자연에 대한 물리학의 모든 탐구가 인간에게 의미가 있다면, 소설이 상상하는 모든 삶 역시 그러할 것입니다.

다른 생업에 종사하며 글을 쓴다는 핑계로 작품집 출간이 늦

어졌습니다. 소설은 펜이 아니라 엉덩이로 쓴다는데 부끄러울
뿐입니다. 책이 나오기까지 배려해주신 여러 선생님과 서울문
화재단에 감사드립니다.

2018년 겨울

조현

수록 작품 발표지면

1. 〈새드엔딩에 안녕을〉, 《문학동네》 2014년 가을호

2. 〈화성의 물고기를 낚는 경쾌한 낚시법〉, 《현대문학》 2012년 11월호

3. 〈선택〉, 테마소설집 《선택》 2015년(강출판사 출간)

4. 〈어셔비츠 홀라후야 빙드레브쵸〉, 《좋은 소설》 2012년 봄호

5. 〈언젠가 크리스마스 섬 홍게의 행진〉, 《한국문학》 2013년 봄호

6. 〈수국의 계절〉, 《현대문학》 2014년 3월호

7. 〈우리의 약속이 이루어지기를 기도했다〉, 《문학사상》 2012년 6월호

새드엔딩에 안녕을

1판 1쇄 발행 2018년 12월 31일

지은이 조현
펴낸이 윤혜준 | 편집장 구본근 | 고문 손달진 | 디자인 박정민

펴낸곳 도서출판 폭스코너 | 출판등록 제2015-000059호(2015년 3월 11일)
주소 서울시 마포구 월드컵북로 400 문화콘텐츠센터 5층 15호(우 03925)
전화 02-3291-3397 | 팩스 02-3291-3338 | 이메일 foxcorner15@naver.com
페이스북 www.facebook.com/foxcorner15 | 블로그 https://blog.naver.com/foxcorner15

종이 광명지업(주) | 인쇄 수이북스 | 제본 국일문화사

ⓒ 조현, 2018

ISBN 979-11-87514-21-3 (03810)

- 이 책은 2016년 서울문화재단 지원사업의 지원을 받아 발간되었습니다.
- 이 책의 전부 또는 일부 내용을 재사용하려면 저작권자와 도서출판 폭스코너의
  사전 동의를 받아야 합니다.
- 잘못된 책은 구입하신 서점에서 바꾸어드립니다.
- 책값은 뒤표지에 표시되어 있습니다.
- 이 도서의 국립중앙도서관 출판예정도서목록(CIP)은 서지정보유통지원시스템 홈페이지
  (http://seoji.nl.go.kr)와 국가자료공동목록시스템(http://www.nl.go.kr/kolisnet)에서
  이용하실 수 있습니다.(CIP제어번호: CIP2018040496)